JN178595

下に見る人

酒井順子

角川文庫
19556

目次

甘い誘惑

新聞を読んでいた時、とある記事が目につきました。そこには「子供とケータイ」というタイトルがついており、携帯サイトの掲示板において、中高生が友達を攻撃するような言葉や悪口を書くという事例があげられていました。そして、ある県で反差別や人権問題に取り組む男性職員が、個人的にその手の携帯サイトの監視も続けているのだ、と。

二十九歳のその職員は、高校時代、自分がいじめる側にいたのだそうです。荒れた学校でいじめのターゲットになるのを恐れるあまり、同級生をいじめていたとのこと。

彼が大人になって現在の職についたある日、かつていじめていた相手に街でばったり会って言われたのは、

「おまえ、偽善者やな。何が人権じゃ」

という言葉でした。そこで深くショックを受けた彼は、「いじめの加害者のケアを

しなくてはいじめはなくならない」と気付き、携帯サイトの監視を始めるようになった……。

この記事を読んで私は、「加害者のカミングアウトが、やっと始まったのか」と思ったのです。いじめの被害者の声というのは、よく耳目に触れるものです。いじめの具体例や、被害者の心境などを読むと本当に可哀想で、「なぜこんなことを」と思うもの。

今では、若い人気アイドルなども、

「実は私、子供の頃にいじめにあっていて、その頃は本当につらくて、死のうかと思ったこともありました……」

といったことを、躊躇《ちゅうちょ》なく口にするようになりました。それだけいじめが普遍的なものだということでもあるのでしょうが、かつていじめられていたという経験は、アイドルの人生に陰影を加え、「可愛いだけじゃない」という印象を視聴者に与えもするのです。

それだけたくさんのいじめ被害者がいるということは、同じ数もしくはそれ以上のいじめ加害者もいるということになります。しかしいじめ加害者の声は、ほとんど世に聞こえてきません。人気アイドルが、

「子供の頃はよく友達をいじめててー、そしたらその子が学校に来なくなっちゃってー」

などと語っているのは見たことがありませんし、いじめ加害者の告白手記を読む機会も無いのです。

いじめ被害者がつらい過去を語れば語るほど、いじめ加害者は「いじめていた過去」を封印しようとします。と言うより、いじめられた方は事実をよく覚えていても、いじめた側はすっかり忘れていることがしばしば。

では私はどうだったのか、と考えてみると、いじめ被害者になったことは、無いのです。そしていじめ加害者になったことも、それほどには無いと思う。……のですが、この「それほどには」というのが、曲者《くせもの》。

確かに私は、誰かを校舎の裏に呼び出して殴るとか、ターゲットを決めてずーっと無視するとか、そういったことはしていません。しかし小学生の頃、

「Aちゃんって、フケツよね〜」

「フケツ！」

などと言って嗤《わら》い合ったことは確実にある。その時、Aちゃんに聞こえないように言うくらいの配慮はしたつもりだったけれど、Aちゃんはもしかしたら気付いていた

のではないか。そして、「いじめられた」と思っていたのではないか。

またやはり小学生の時、友達四人で「回し小説」というのを書いていて（交換日記のようにノートを順ぐりに回しながら、物語を書いていく）、中で一人、Bちゃんという子が書くお話がいつもつまらなかったので、

「Bちゃんが書くの、つまらないよ！」

「そうそう、つまんなーい」

「もっとこうすればいいのに！」

などと、他の三人で寄ってたかって言ったこともあったっけ。その時、私達の側では「つまらないBちゃんの物語をもっと面白くしてあげなくちゃ」という親切心のつもりだったけれど、Bちゃんからしたらいじめでしかなかったであろう。

このように私は、AちゃんやBちゃんに対して、はっきり「いじめた」という意識は持っていませんでしたし、そういったことがあったという事実すら、うろおぼえ。しかしAちゃんやBちゃんにしたら、「酒井《さかい》さんからいじめられた」という意識は、今も消えてはいないに違いありません。いじめ加害者は、常に「いじめたつもりは無い」と言うのに対し、被害者はその傷を一生忘れることは無い。

そんなことを考えると、「私って、いじめっ子体質なのだな」とはっきり理解でき

るわけですが、いじめた側といじめられた側のこの手の温度差が、世の中には充満しているのではないでしょうか。

大人になった私達が、いじめ被害者の手記など読むと、「いじめはいけない。いじめ撲滅！」と思うわけです。二〇一二年には、大津《おおつ》いじめ自殺事件が話題となり、私を含めたくさんの人々が「ひどい」と思ったわけですが、そう思う人の多くが過去、いじめに加担した経験を持っているのではないかと思うのです。

いじめられた人達の経験を提示して、「いじめられるとこんなにつらいのです、だからいじめはやめましょう」という手法が、いじめ対策においては一般的かと思うのですが、ではその方法は本当に有効なのでしょうか。大人になれば、いじめられっ子のことを「可哀想に」と思うものの、果たして子供達にはそれが効くのか。大人になって、既に教室でのいじめには加担しない立場にはなっているものの、今も別の場で別のいじめをやってはいまいか。……と、そんな気がするのです。

そうすると、最初に紹介した男性職員の、「いじめている側を見る」という姿勢は、とても新しく思えます。日本の社会は、学校のみならずあらゆる場所でいじめが起こりがちないじめ大国であるわけですが、なぜ我々がいじめずにはいられないのかということは、「いじめたい」という心理を見ないことには、わからないのではないか。

男性職員の記事の中には、他人を誹謗《ひぼう》中傷する書き込みをする人に共通するのは、「自己肯定感が低いこと」だとありました。ねたみ・ひがみの気持ちから、他人をネット上で攻撃する、と。

私はこの部分を読んで、私の時代との変化を感じました。私の時代、いじめられる人というのは、学校社会内での弱者であることが多かったものです。不潔だったり暗かったり毎日同じ服を着ていたりと、何らかのマイナスのポイントを持つ子が、陰口や仲間はずれの対象となりがちだった。

しかし今のネット上でのいじめを見ると、何らかのプラスのポイントを持っている子がいじめられていることが多いのです。仲良しの友達に大量の中傷メールを送った女の子は、その友達の彼氏がイケメンであることを恨んでいたから、なのだそう。外見がいい、モテる、お金持ち、といったポイントが、今やいじめの対象となるのです。今時の若いアイドル達が、自らのいじめ体験を吐露することが多いのも、彼女達が可愛かったからなのでしょう。

いじめの理由も、世代によって微妙に変化しているのでした。私達の時代に横行していたのは、もっぱら「弱いものいじめ」。自分が弱者ではないということを確認したくて、自分より確実に弱いターゲットをいじめていた。そして二十九歳の男性職員の時代は、「自分がいじめの対象になりたくないから」という理由での、いじめ。専守防衛ではなく、先に攻撃することで自らをいじめの危険から守るという、先制攻撃感覚です。

しかしネット時代となって、「弱いものいじめ」や「先制攻撃」の被害者となっていたような層が、いじめる側になってきたのです。ネット上では匿名で攻撃をすることができるし、腕力がなくてもいじめることができるし、相手と会話しなくても済むので、その場で言い負かされる心配がなく、思う存分に書き込むことができる。ネットは、弱者にとって恰好《かっこう》のいじめ手段となりました。

時代によっていじめの被害者像、加害者像も変化しているわけですが、しかしこれらのいじめ行為に共通して見ることができる心理が、「他人を下に見たい」という欲求なのでしょう。自分がどんな立場にいようと、他人をどうにかして下に見ることによって、自らの精神の安寧を得ようとする人が、我が国にはやたらと多いのではないか。

もちろん私も、その一人であるわけです。幼稚園に入って、集団で行動をすることが始まった瞬間に、お弁当を食べる速度、お遊戯の上手下手、先生からの寵愛《ちようあい》具合……と、様々な点で優劣をつけられるようになった。その時に、「上」でいることの快感と「下」になることへの恐怖は、既に植え付けられていたのです。

小学校、中学校と進むうちに、上と下とを分ける物差しは、どんどん増加していきます。勉強やスポーツのみならず、容姿、異性からのモテ具合等、あらゆる場面で、自分は上なのか下なのかを意識せざるを得なくなってくる。

それは大人になってからも同じなのであり、「『下』になりたくない」「『上』でありたい」という欲求によって動くことの、何と多いことか。その欲求を満たすには、努力して上に行くことが一番であるわけですが、努力の苦しさにふとため息をついた時、脇で目につくのは、「他人を下に見る」という、甘い誘惑。その欲求に応じる時の快感はまた、癖になるものであり……。

「下に見たい」という欲求。それは、日本にとっての大きな病巣でありつつ、同時に小国日本をここまでの経済大国にした原動力の一つのような気もするのです。考えてみれば私も、今までの人生の様々な局面において、他者を下に見ることによって、安心したり自信を持ったりしてきました。「下に見る」側は自分の行為をすぐ忘れてしまうけれど、その時の行為と心理をこれから少しずつ思い出しつつ、「なぜ私は、そうしてしまうか」ということを、考えてみたいと思います。

エンガチョ

三歳の姪《めい》っ子と、お絵描き遊びをたまにします。といっても、まだ線をぐるぐる描いたりする程度。先日は丸が描けるようになって、姪は「すごーい」とほめられました。

その時、ふと思ったこと。それは、「この〝線〟と〝丸〟というものって、もしかしたら何かの始まりではないのか……?」ということ。

姪っ子が描いた、一本の縦線。それは紙の中に、線の右側と左側という世界を、作り出します。そして、姪っ子が描いた、一つの丸。それは丸の内側と外側を、分けるのです。分類も区別も差別も、こんな線と丸とが、実はスタートなのではないのかしらん……と、叔母《おば》としては彼女のお絵描きを手伝いつつ、ぼんやりと思っていた。

自分がお絵描きをしていた子供の頃を思い出してみても、最初はかならず輪郭を描いてから、その中に色を塗っていたように思います。たとえばチューリップの絵を描く時に、最初から赤いクレヨンで色を塗りはじめるということはなく、赤いクレヨンでお花の輪郭を描いては中を塗りつぶし、緑のクレヨンで葉っぱの輪郭を描いては塗りつぶし……という作業をしていたのです。

絵の才能が皆無の私としては、輪郭が存在すると、「ここまでは色を塗っていいのだ」と思うことができて、少し安心したのでした。色を塗っていいところと、塗らないところ。赤いところと、緑のところ。線を引くことによって、その空間に為《な》すべきことがわかりました。

一枚の白い画用紙というのは、小学校に入学したての新入生の状態に似ている気がするのです。クラス分けしたての新入生達は面識もなく、お互いがどんな性格かも、どんなバックグラウンドを持っているかも、知らない。

しかししばらくすると、新入生集団のそこここに、何らかの寄り合いができてくるのです。それはつまり「仲良し」ができてくるということなのですが、仲良しグループというのは往々にして、何らかの共通項を持つ者同士の寄り合いであることが多い。

小学生の場合であれば、家が近所とか、身長が同じくらいとか、その手のシンプルな共通項によって、まずは仲良しグループの芽が形成されていくものです。私の場合は、ちびっ子時代は身長が小さい方だったので、小学校に入ってできた最初の親友は、自分と同じくらい小さな子。体育の時間に「前へならえ」をする時の、「手を腰」仲間の子だったものです。

その状況はつまり、クラスの中に小さな輪郭がたくさんできてくるということだったのでしょう。様々な形をしたそれぞれの輪郭には、最初は薄く、赤だの黄色だの紫だの、様々な色がついて、その色が次第に濃くなってくる。そうして、白い画用紙のようだったクラスは、色彩豊かになってくるのです。

……と言うと聞こえは良いですが、そのうち、クラスの中には不穏な動きが出てくるようになるのでした。輪郭の中は均質な世界だと思っていた子供達は、時として同じ輪郭の中にいる友達にちょっとした異質感を覚え、その子を排除しようとする。もしくは、色彩豊かなクラスの中で、どの輪郭にも入っていない子が目ざとく発見され、その子だけが黒く塗りつぶされたりする。

クラスの中での異質な存在というのは、どのような原因で発生するのでしょうか。私の子供時代を考えてみますと、最も大きな排除の理由として、「フケツ」という問題があったかと思います。

服装がちょっとだらしない、とか。髪が整っていない、とか。そんなちょっとした理由で、子供は他の子を「フケツ」と判断しました。時には、ちょっと汗かきなだけでも「フケツ」とされた。

日本において不潔であることが集団からの排除の大きな理由となる背景には、我々がやたらと清潔好きな国民である、という事実がありましょう。お風呂《ふろ》に毎日入ってごしごし身体を洗い、スリッパから玩具《おもちゃ》まで、どんなものでも抗菌仕様。そしてカーテンからトイレ掃除ブラシまで殺菌スプレーをふりかける……と、私達はとても清潔に生活しています。子供の頃から、親によって徹底した清潔教育が為され、外出から帰ったら必ず手洗いをし、落ちたものは食べちゃ駄目。清潔さこそが、文化的な暮しのベースとなっているのです。

私が思うのは、日本の子供はあまりにも親から「フケツは罪悪」ときつく教えられているため、そのストレスを教室において発散しているのではないか、ということ。

親から、

「泥なんか触っちゃダメ！　汚い！」

とか、

「そんなもの食べたらダメ！　フケツよ！」

としょっちゅう言われているから、教室の中で「自分も」と、フケツな子を探し出そうとするのではないか。

二、三日シャンプーをしていないのではないかと思われるベタついた髪の子などをみつけた時、子供達は残酷です。

「あの子、フケツじゃない？」

「フケツ！」

と照準を合わせたら、本人を包囲するように、「あの子はフケツ」という認定は流布。「不潔という大罪を犯した悪い子」と「それ以外の清潔な良い子」という図が出来上がるわけですが、不潔と認定されてしまった子はその瞬間から、クラスの中で一つの黒い点になってしまうのです。

ちびっ子達が大好きな「アンパンマン」において、悪役を務めるのが「ばいきんまん」であるところからも、不潔＝罪悪、という観念が我々にいかに浸透しているかは、理解できます。アンパンマンは愛と勇気を教えてくれる本当にすばらしい物語ではありますが、ばいきんまんのことはどんなにいじめてもいいのであるなぁ、不潔さを撲滅しなくてはならないのであるなぁと、子供達にはすり込まれていくことでしょう。

アンパンマン世代ではない私ですら、不潔＝悪、という意識は子供の頃から強くありました。そんな私達世代の子供達の間でよく行われたのが、「エンガチョ」という遊び、というかいじめ行為。

今の子供達がエンガチョをしているかどうかわかりませんが、たとえば誰かが給食の牛乳をおかずの上にぶちまけたり、おもらししたり、犬のフンを踏んでしまったりと、何らかの不潔っぽい事象に触れたとする。すると周囲の子が、

「わぁ、汚い。エンガチョ！」

と、人差し指と中指をクロスさせるのです。その指は、不潔さをブロックするという意味を持っています。すると、たとえば犬のフンを踏んでしまった本人は、あわてて走って、まだ指をクロスしていない人に「エンガチョ！」とタッチすると同時に、指をクロス。すると、犬のフンの不潔さは、タッチされた子に移行したことになり、その子はまた別の子にタッチしにいく……。

今、エンガチョのことを改めて考えてみると、何と残酷な遊びであるか、と思います。しかしそれは、日本の大人社会を色濃く映した遊びであることも、理解できるのでした。エンガチョによって相手に移されるものは、不潔さと言うよりは、おそらく不浄つまり穢《けが》れという観念です。私達は目には見えない穢れを恐れ、どうにかして穢れを自分からは遠ざけて他人に負担させ、処理させようとします。自分には穢れの飛《ひ》沫《まつ》が飛んでこないようにしっかりブロックした後は、自分達が穢れの処理を無理矢理押しつけた人を、「きたない」と白眼視する。そんな大人達の感覚が、シンプルな遊

びの形となったのが、エンガチョなのでしょう。

ぼけーっとしているうちに「エンガチョ！」とタッチされ、ふと気がつくと周囲は、既に指をクロスしてロックしている子ばかり。自分は誰にもタッチすることができない時の焦りといったら、ありませんでした。遊びではあるものの、

「きたなーい」

と避けられたりすると、泣きたい気持ちになったものです。

しかし、いったんタッチされて身に帯びてしまった穢れは、洗おうとこすろうと、自分で消滅させることはできないのです。他人に移す、というか伝染《うつ》さない限りは、自分は清浄な身になることはできないというのが、このゲームのルール。よく考えれば単なる仲間内の取り決めでしかないのですが、それは子供にとっては恐怖のルールでした。

一度身に帯びてしまった穢れは自分で払うことはできず、他人に伝染すしかない。このルールは、日本人の皮膚感覚からきているものかと思います。目に見える汚れは洗い流せても、目に見えない穢れは洗い流すことはできないと、我々はずーっと昔から思い続けてきたのであって、その思いこそが、ちょっとやそっとでは消えないもの。

区別したり、排除したり、排除するためにエンガチョしたり。……と、私達がつい

つい他人と自分の間に境界線を引こうとする土壌は、既に小学生の頃から着々と養われているのでした。無心にお絵描きごっこを続ける姪《めい》っ子を見ていると、この子には丸の外側に出されてしまう疎外感も、誰かを丸の外側に弾《はじ》き出すような傲慢《ごうまん》さも持ってほしくないものだと、叔母《おば》は思うのです。

が、既に線を引き、丸を描くことを覚えてしまった彼女も、いずれはそんな感覚を味わわなくてはならない日がくるのでしょう。その日が一日でも遠くであるように、そして、輪郭など描かなくとも絵が描けるような子になれるように……。と、既に人生という紙の中で線を引きまくり、丸を描きまくっている叔母としては、祈っているのです。

異物を察知する能力が、自分は何と発達しているのだろう……と思うことがあります。街を歩いていて、外国人の姿がチラと視界に入れば、すぐ「あ、ガイジン」と思う。白人や黒人といったわかりやすいガイジンのみならず、中国人や韓国人といった、我々と極めて顔つきが近い人たちのことも、ほんのわずかな骨格や服装の違いから、「あ」と見分けるのです。

はたまた、「あ、整形」とか「あ、女装」とか「あ、芸能人」等、「普通ではない」「自分達とは違う」といった類《たぐい》の人達をも、私は一瞬にして見分けるのでした。普通の人だけが通り抜けることができる網目に少しでもひっかかってくる人を、私の目は決して逃さないのです。

小さな頃からその網目は持っていたのだと思うのですが、子供時代にその網目にひっかかってくる最も大きな獲物は、転校生という存在でした。ある日突然、最初から

「異物です」ということで教室にやってくる、転校生。私達普通の児童は、明らかな異物にどう対処すべきか、ざわざわと戸惑います。

転校生にとっては、最初の挨拶《あいさつ》が、大きな勝負でした。

「○○小学校から転校してきました、○○です。よろしくお願いします」

といった挨拶をする時に、「何か、ヘン」という印象を少しでも与えると、その他の児童達にとって、転校生は恰好《かっこう》の餌食《えじき》になってしまうのです。

私の小学生時代にやってきた転校生・Aちゃんも、餌食になってしまった一人でした。転校初日、教室の前に立った彼女は、お決まりの挨拶をしました。が、彼女は少しばかり、滑舌が悪かったのです。緊張もあったのでしょうが、モゴモゴとはっきりしない挨拶だった。

その挨拶を聞いて、私達は即座に「何か、ヘン」というセンサーをピンと立てました。どうしたかといえば、彼女に「××」という、文字にするのもあまりにも残酷なニックネームをつけたのです。「××」とは、吐瀉物《としゃぶつ》の俗称。最初の挨拶が何だかぐちゃっとした印象だったから、ということで、そんなニックネームがつけられてしまいました。

今考えれば、これは明らかないじめ行為です。Aちゃんとしては、その呼び名がものすごく嫌であったに違いないのに、転校生という弱い立場であったが故に、はっきりと「嫌」と言えなかった。

対して私達の側は、ごく軽い気持ちでニックネームをつけたのです。小学生というと、まだエロ系の知識はあまり持たず、ウンチとかオシッコとか、排泄《はいせつ》系の言葉にやたらと興奮する時期。そのノリで、ふざけ半分で彼女を「××」と呼びはじめた。いじめ行為というのはたいてい、加害者は「は？　いじめてなんていませんが？　楽しかったからやっただけです」という意識を持っているものですが、この件に関しても同様なのです。

結局彼女は、高校卒業までの十年近く、その名で呼ばれ続けることとなってしまいました。小学校の卒業文集には、「楽しき仲間たち」と題された、個人を紹介するページがあるのですが、彼女の「ニックネーム」の項にある文字は、やはり「××」。

いくら何でも「××」はひどい。彼女も親御さんもさぞや胸を痛めていたことであろう……と、大人になった今になってみると、思うのです。「でも当時は、そんなことを全く考えずにいたのだなぁ……」と思いながら私は久しぶりに卒業文集をめくってみたのですが、改めて読んでみると、それは子供が持つ感覚の鋭さというか残酷さというか、その手のものをよーく知ることができる一冊なのでした。「楽しき仲間たち」のところには、「友達から見た各人の長所と短所」というコーナーがあって、「短所」のところを読むと、口さがないことこの上ない。

たとえば「くよくよ考える、しっと深い」と書かれたのは、Bちゃん。「中途半ぱに物事をかたづける」と書かれたのは、Cちゃん。Dちゃんなどは、「マンガにすぐえいきょうされる。人をけ落とす。気が多い」と三連発。Eちゃんは「姿勢が悪い。お金づかいが荒い。すぐいじける」と書かれ、Fちゃんにいたっては「すぐけちる。人をきょうはくする。なににつけてもお金をせい求する」とされているではありませんか。

では私は、と見てみますと「口が悪い。人をすぐきずつける」と。「その通り！そして今になってもぜんぜん変わっていない！」と、友達の視線の確かさに驚くばかりなのですが、しかし「友達から見た短所」を読んで、小さな胸を痛めた子も、きっといたことでしょう。なにせ「口が悪い」私などは、卒業文集の制作にあたり、嬉々《きき》として友人達の短所を考えたに違いないのですから。

子供というものは、そして子供に対する教育というものは、このように時として……と言うよりは、時を選ばずに残酷なのです。もしも企業において、社長が全社員の長所と短所を同僚にあげさせて、印刷物として配布したら、一種のハラスメント問題になることでしょう。しかし子供に対してだと、「自分を見つめ直す良い機会になる」ということで、許されるのです。今後私が何らかの犯罪に手を染めたとしたら、卒業文集における「短所」部分は、間違いなく盛んに引用されるに違いありません。

小学校時代のことで思い起こされる、もう一つの残酷な行事。それは、「ミスコン」です。これは先生の指示ではなく、友達の一人が突如として「ミスコンをしない?」と言い出したことによって行われたのですが、クラスの全員に、何でもいいから各人の得意分野にちなんだ「ミス○○」の称号を与えよう、ということになったのです(女子だけの学校だった)。

発案した子は、今風に言うならば「ナンバーワンにならなくていい。それぞれみんなが、オンリーワンなんだよ」的な空気を、教室にもたらしたかったのだと思うのです。が、クラスの中には、個性的な子や能力の高い子もいれば、そうではない子もいました。すぐに「ミスドッジボール」とか「ミス朗読」とか「ミス書道」、はたまた「ミスコケティッシュ」などという称号を得た子もいれば(私はこの時に初めて、「コケティッシュ」という言葉の意味を知った。確かに、小学生にしてはお色気のある子だったものよ……)、どう頭をひねっても○○に入る言葉が見つからない子もいるのです。

ちなみに私も、後者でした。口が悪いことは周知の事実でしたが、「ミス毒舌」とするわけにもいかなかったのでしょう。確か図書係をしていたので、「ミス図書」のような、いまいち座りの悪い称号を、やっとつけてもらえたのです。

私と同様、特に勉強ができるわけでもなければスポーツで目立つというわけでもない同級生達は、その時やはり居心地が悪そうでした。前年の学芸会でカブトムシの役をやったから「ミスカブトムシ」とか、めずらしい消しゴムを持っているから「ミス消しゴム」とか、「つけない方がいいのでは？」と思わせる称号しかもらえない子も、いたのです。

「みんながオンリーワン」という発想は、当時としては斬新なものだったのだと思います。しかしクラスの中の、「別に私、特別な存在になんかなりたくないの。ごく普通に、目立たずに学校生活を送りたいだけなのに」という人達にとって、ミスコンは楽しい行事だったのか。

クラスには、「○○ならば誰にも負けません！」という得意分野を持っている子ばかりがいるわけではありません。ミスコンは、そんな「目立たず、平穏に生きていきたい」と願っている人達の「目立たない」という事実を白日のもとに晒《さら》し、「そんなことでいいの？」と、余計なハッパをかけたのです。

「ミス算数」とか「ミス五十メートル走」といった、メジャーなミスとなった子供達は、誇らしそうでした。また、「ミスビューティー」といった、ミスらしいミスの称号を得た子も、満足気。しかしその他の子達にとって、ミスコンは微妙な気まずさを残す行事だったのです。

様々な子供達が、長時間ともに過ごさなくてはならないのが、教室という場です。その場にいると、否応《いやおう》なしに他人と自分との違いや差というものを、意識せざるを得なくなるのです。

各人間の「違い」や「差」は、勉強に退屈している子供達にとっては、恰好の玩具《おもちゃ》となります。子供達は、「いかにしてこの『違い』で遊ぼうか」と、いつも考えている。そしてミスコンという行事は、その気持ちが、どちらかといえば良い方へ出た遊び方だったのでしょう。それぞれの個性を発見しましょう、ということなのですから。

しかし転校生にひどいニックネームをつけるという行為は、違います。私達はAちゃんの話し方を聞いた時、「自分達より下」と即座に判断し、ひどい呼び名を進呈したのであり、その名を呼ぶ度に、私達は「あなたは、私達より下よね」と再確認していたのではないか。

ある同級生が、学校を卒業した後、留学先でたまたまAちゃんに会った時に、思わ

ず、

「××！」

と叫んだら、彼女はキッと睨《にら》んで、

「ここでは××って呼ばないで。名前で呼んで」

と、言ったのだそうです。その話を聞いて、「そりゃそうだよね……」と、語り合った私達。


Aちゃんは、学校を卒業後、一度も同窓会に出席していません。同窓会というのはもしかすると、残酷さに気付かなかった者達にとってのみの、残酷な祭典なのかもしれないと、今になってみてやっと気付くのでした。

ドリフ

雨降りの時、家の中で雨音を聞く時間が、好きです。その雨音が強ければ強いほど、「雨もまたよし」という気分になってくる。

家の中で雨音を聞くことがなぜ楽しいのかというと、自分が雨に濡《ぬ》れていないからに他なりません。快適な室内において、温かいお茶やおやつなどを前にしているから、雨音を余裕をもって聞いていられる。

そんな時、私はふと思うのです。「今、屋外において雨に濡れている人がいることを知っているからこそ、私は雨音を心愉《たの》しく聞いているのではないか」と。そして、「もしも、外で濡れている人が一人もいなかったら、雨音の楽しさは半減するのではないか」と。

雨の日に室内にいるという幸福感は、絶対的なものではありません。屋外で濡れている人の存在があるからこそ、それは相対的に強められています。他人が難儀をしているのを見る時に楽しさを、そして時には幸福をも覚える感覚が、私の中には確実にあるのです。

子供が友達をいじめたり、仲間はずれにしたりする理由も、ごくシンプルに言ってしまえば、「楽しいから」なのでしょう。「雨の日に、外で濡れている人」を自分達の手によって作り出すことによって、子供達はより、愉快な気持ちになる。

難儀をしている人を見るのは楽しい、ということを初めて意識したのは、私の場合は「8時だョ!全員集合」によってでした。これは、言わずとしれたザ・ドリフターズによるお笑い番組。一九六九年から放送された大人気番組で、「オレたちひょうきん族」の人気に押されるようにして終了したのが、一九八五年のことでした。

この番組の人気を支えていたのは、我々ちびっ子達です。小学生は土曜の夜八時にはテレビの前に全員集合するのが、当時の常識。私は小学校低学年の時、夜は八時に就寝しなくてはならなかったのですが、土曜日だけは特例として、「全員集合」を見てから九時に寝ることが許されておりました。

この番組において、ドリフの中での若手であった、加藤《かとう》茶《ちゃ》と志村《しむら》けん（一九七四年、荒井注《あらいちゅう》脱退後に加入）は、色々なひどい目にあっていました。コントの中ではしょっちゅう、上から一斗缶や金だらいが落ちてきたり、水をかぶったり、粉の中に顔をつっこんだりしていたわけです。

私達ちびっ子は、そんな加藤と志村（子供達は彼らを呼び捨てにしていた）を見る度に、ゲラゲラと笑っていました。時には、長さんこといかりや長介《ちょうすけ》が報復的にひどい目にあったり、高木《たかぎ》ブーの鈍重さが嘲笑《ちょうしょう》されたり、仲本工事《なかもとこうじ》のメガネがふっとんだりすることもありました。が、最も子供達の爆笑をさらうのは、加藤と志村がひどい目にあうシーンだったのです。

中には、

「志村ーっ、うしろーっ！」

と、危機が迫っていることを志村けんに教えてあげる心優しい子供もいましたが、そんな子供も、志村にハリボテの柱が倒れかかってくると、腹を抱えて笑っていたもの。私達ちびっ子は、たとえ柱はハリボテで、一斗缶は軽いということがわかっていても、悲惨な表情で逃げ回る加藤と志村を見るのが、楽しくてたまらなかったのです。

長さんの指示によって、若手である加藤と志村がひどい目にあい、それを視聴者が見て、笑う。このドリフのコントのパターンは、部活の世界とよく似ています。小学生でも中学生でも、特に運動系の部活において、上級生が長さん的立場になり、下級生が加藤と志村の役を引き受けるというパターンは、しばしば見られるのです。

ティーンの時代、先輩の存在は絶対です。私もずっと運動部に入っていましたが、中学一年の時などは、三年の先輩は先生よりも恐かったもの。二歳しか違わないというのに、あの時は雲の上の人に見えたし、呼び掛ける時も「○○先輩！」であり、「○○さん」と呼ぶことなど、思いもよらなかったのです。

そんな時によく発生しがちなのが、「下級生いじり」でしょう。絶対服従をよいこととして、上級生が下級生に、恥ずかしいことやつらいことを、強制する。その指令にオタオタする下級生を見て、上級生が笑うわけです。

上級生にとって、その手の行為は娯楽以外のなにものでもありません。絶対に反抗してくる心配のない相手をいじって、自分の優位性を証明する。小さな覇権を握ったような感覚も、得ることができます。

下級生にとって、それはこの上ない苦痛であり、恥辱なのです。しかしそんな下級生も、自分が上級生になると、かつての苦痛や恥辱を忘れて、楽しいが故に下級生をいじくるようになる。

「全員集合」は、そういった図式を、安心して見られるコント仕立てにした番組であったのだと思います。加藤や志村という「後輩」がひどい目にあうシーンを、私達は自分の手を汚さずに、「先輩」の視点から見ることができたのですから。

ドリフから覇権を奪ったのは前述の通り「オレたちひょうきん族」であったわけですが、その中でも最もカリスマ性を持っていたのは、ビートたけしでした。ビートたけしの周囲には「たけし軍団」と言われる人たちがいて、彼等もまた、先輩・後輩間のいじくりによって笑いを取る人々。ビートたけしは「殿」と呼ばれ、軍団メンバーは、殿の言い付けには何でも従う。私達は、軍団メンバーがハリセンで叩《たた》かれたり、熱湯に浸《つ》かったりする服従ぶりを見て、笑っていたわけです。

たけし軍団という名前は、彼等の芸風をよく表しているものと思われます。軍隊こそ、集団の中で若い者や弱い者をいじくることを娯楽化する文化、というか慣習の源にある団体。おそらくは強烈なストレス下にあるからこそ、その場で最も弱い者を標的にしてストレスを発散するという行為が発生しがちなのでしょう。旧日本軍の苛酷《かこく》ないじめ話は今も語り継がれていますし、また米軍がイラク人捕虜に対して残虐ないじめ行為をするのも、いじめのひどさと同程度のストレスに彼等がさらされていたからだと思います。

下の者をひどい目にあわせた時に楽しさ、面白さを感じる感覚は、軍隊のように強いストレスにさらされていない人達にも、おおいに理解できるものです。ドリフやたけし軍団という集団は、テレビの視聴者にその楽しさだけを提供したのでした。

「誰かがひどい目にあっている」というシーンを提供するのは、テレビ製作者にとっては、手軽な仕事であると思われます。そこには、ユーモアも、ウィットも、そして出演者の才能すらも、必要無い。「ひどい目」のバリエーションと、「ひどい目」にあってくれる人材さえいれば、成立するのですから。今では、グルメ番組や旅番組すらも、ゲームに負けた人だけがご馳走《ちそう》を食べられないとか、ゲテモノを食べさせられるといった演出によって成立している感もあるのです。

ハリセンや一斗缶は、今や古典的な「ひどい目」になってしまいました。くわえたゴムを長く伸ばして手を放すといった、殿堂入りした感のある行為も、懐かしく思い出されます。頭上で風船が爆発するとか、タバスコやわさびがたっぷり入った食べ物を食べるとか、裸で雪滑りをさせるとか、猛獣に触らせるとか、今となっては「ひどい目」のバリエーションも出尽くした感がある。より刺激的な「ひどい目」を求めて、テレビ番組は時に怪我人を出したりもしているのです。そう思うと、ハナ肇《はじめ》さんが銅像と化して、水をかけられたりタワシでこすられたりするというコントは、裸で雪滑りとかタバスコに比べたら、なんと秀逸なアイデアであったことよ。

ひどい目にあわされることを芸とする人は、リアクション芸人と呼ばれるようになりました。痛い、熱い、寒い、臭い、まずい……といった感覚を、どれほど視聴者によくわかるように表現できるかが、彼等にとっての芸。

しかし私達は既に、ダチョウ倶楽部《くらぶ》や出川哲朗《でがわてつろう》が「やめてくれよ〜」と言っているのを見ても、白けるようになってしまったのです。視聴者は、製作者が考えるよりももっと残酷なのであり、我々が求めているのは「芸」としてのリアクションなどではなく、フレッシュでリアルな、恥辱と困惑にあふれた表情なのですから。

軍隊的、部活的、そして相撲部屋的ないじめ行為は、他者からとがめられた時、往々にして「これはいじめではない。愛による教育的な行為だ」と言われるものです。相撲部屋において、その手の行為が「かわいがり」と言われるのは、まさにその心理を表しているでしょう。子供を虐待する親が、「しつけです」と言うのとも、よく似ていましょう。

確かに、そこに「愛」はあるのです。愛の先にある「所有感」というものが、「自分より下にいる者は、どう扱ってもいい」という、いじめやかわいがりに発展していく。

妻を殴る夫、子を虐待する親、新弟子をしごく力士。彼等は皆、所有物を好きなように扱うことに、背徳的な悦びを覚えているのだと思います。いじめる理由と背景は様々でしょうが、自分より下の者をいじめるその瞬間は、ゾクゾクするような興奮を味わっているに違いない。そしてその楽しさはおそらく、志村の頭に一斗缶が落ちてきた時に感じた楽しさと、同質のものなのです。

妻を殴り、子を虐待する人を、私達は「感情の抑制が利かない野蛮な人」として、自分とは関係ない存在と思いがちです。しかし私自身も、テレビで誰かがいじめられるのを見て笑い、そして部活において下級生に理不尽な行為を強いていた者であるわけです。せめて、「かわいがり」行為を楽しく思う気持ちが無いフリだけはすまいと、雨音を聞く度に思うのでした。

第二次性徴

中学時代とは、人生の中でもっとも立ち位置のはっきりしない、煮えきらない時代です。大人なのか子供なのかよくわからないし、第二次性徴盛りということで、顔にブツブツができたりあちこちに毛がはえたり太ったりと何だか皆が小汚い感じだし、お金はないけどバイトはできないし、高校生にはいじめられるし……と、全てが中途半端。

中学時代というのは、新たな物差しが投入されて混乱する時代でもあるのでした。小学生時代までは、スポーツができるとか勉強ができるとか、その手の目に見えやすい物差しによって上下関係が決まっていたわけですが、中学になると、そこに「性」の物差しが入ってくるのです。

中学生というのは、自分の成長および性徴に関して、死ぬほど悩むものです。大人になった今思うと、その頃に悩んでいたことがおかしくて、

「遅かれ早かれ、みんな同じようになるのだから、心配しなくていいのよ～」

と言ってあげたくなるのですが、当時は人生で最も大きな問題だったもの。

女子の場合は、胸がふくらんだり初潮を迎えたりということが第二次性徴であるわけですが、この性徴レースというものは、早すぎても遅すぎても当人の悩みは深いのでした。私の場合は成長も性徴も遅いタイプだったので、中学になって皆が続々とブラジャーをつけ始めるのを見て、ものすごく焦りました。ブラジャーとはすなわち、大人の証《あかし》。対して自分はまだ、ブラジャーなど全く必要ではないぺったりした体型。その時に感じた焦燥感以上のものを、私は今までに感じたことはありません。

ブラジャーをしている同級生から、

「あーらあなた、まだブラジャーしてないの？　ガキね」

などと言われたわけではないのです。しかし、下にいる者というのは常に、「上の人から馬鹿にされているのではないか」「私は人並み外れて下なのではないか」という気持ちを抱いているもの。誇らし気にブラウスからブラジャーを透けさせている（ような気がした）同級生の背中を凝視する私の頭では、「このままブラジャーが必要ない人生が続いたらどうしよう」「私が幼児体型であることを皆が嗤《わら》っているのではないか」「胸の具合はどうあれ、一日も早くブラジャーをしなくてはならない」「ブラジャーって、どうやって手に入れたらいいのか？」といった不安が渦巻いていたのです。

その後、人より遅れて私にも細々と第二次性徴が無事に始まったわけですが、その時の安心感といったらありませんでした。どうにか親にブラジャーも買ってもらって、大人の証も入手。クラスにわずかながら残っていた、自分より成長の遅い子、すなわちノーブラでもOKな子の前で、さり気なく「ブラジャーをしている自分」をアピールしてみせたりする心理は、成金のそれと同じものなのでした。

中学生になるとはっきりしてくる、もう一つの性の物差し。それは、「モテ」という問題です。中学生になると急激に生まれてくる意識が、「モテる子は偉い」というもの。目に見えてモテる子というのがはっきりしてきて、その子は勉強ができずともスポーツができずとも、クラスの中での地位が急浮上。一気にスターの座を獲得しました。

下ネタやお下劣ネタは大好きな私でしたが、それは単に耳年増《どしま》というだけ。ブラジャー一つにしても人にだいぶ後れをとっていた私ですから、当然モテるはずはありません。と言うより当時の私は、まだ「モテたい」という欲求がどのようなものかも、理解していなかったのです。

が、降って湧いたように「モテる子」が登場してからは、「モテる」ということは、何だかとっても楽しいらしいということが薄々わかってきました。モテる子は、勉強もスポーツもできないのに、やけに自信満々なのですから。

今考えてみますと、「モテたい」という欲求がこの世にあることすら知らなかった中一時代の私に、

「今、あなたはすごーく幸せな状況にいることを、理解するように。モテたい欲求に目覚めたが最後、あなたは一生、その欲求に支配されることになるのだから。何も知らない今の状況を、できるだけ長く味わっていた方がいいわよ!」

と、やはり私は教えてあげたくなるのでした。嗚呼《ああ》、「知らない」ということは、何と素晴らしいことなのか。

しかし私はとうとう、モテている子を見て、「私もモテてみたい」と思ってしまったのです。モテる子は、通学電車で男の子から声をかけられたり、誕生日に男の子から贈り物をもらったり、学校帰りにデートしたりしている様子。そんな話は、戦後の日本人がアメリカ文化を見て度胆を抜かれたのと同じくらい、私にとって刺激的でした。おぼこい私は、「ナンパ? デート? どういうこと?」という調子だったのであり、戦後の日本人がハーシーのチョコレートを求めてGIに手を伸ばしたように、

「モテたいっ！」と熱望するようになります。

「モテたい」とはどのようなことかを考えてみますと、それはつまり「他人から求められたい、それも性的に」という欲求です。それまでの生活を支配していた、勉強ができるか、スポーツができるかといったヒエラルキーは、自分が努力さえすれば、少しは上位に行くことができました。が、他人から求められるかどうかというモテヒエラルキーは、自分が頑張ったからといって、どうにかできるものではなさそう。

しかしそれは、何も知らない私の甘い考えでした。後になって考えてみたら、モテる子というのは、実は努力をしてモテていたのです。

モテる子をよく見てみると、特別美人でも、可愛いわけでもないのです。むしろすごい美人は男子にとって近寄りがたいらしく、さほどモテてもいない様子。

中学時代にモテていた子というのは、つまりマーケティング上手な子でした。「男子」という顧客が、女子に対して何を求めているかというニーズをしっかり把握し、求められているものをわかりやすく提示する。さらには、ティーンの男子という顧客の嗜好《しこう》や生活行動、さらには傷つきやすくて自信がないのに見栄《みえ》っぱりという性質も把握し、彼等が手を出しやすいように、自分をプレゼンテーションしていた。

そんな営業努力が陰にあったことはつゆ知らない私は、モテないのはせいぜい自分の顔のせい、くらいにしか思っていませんでした。でもモテている子も決してすごく可愛いわけじゃなし、では何故？　というところまでは、考えが及ばなかったのです。

そうして私は、「モテない」ということの劣等感を知ることになりました。中三にもなると、バレンタインの時に決まった相手に手作りのチョコレートをプレゼントするような子もたくさんいるわけで、それを指をくわえて見ている疎外感といったら。男子中学生にとっても、バレンタインにチョコレートを母親以外から貰《もら》えない屈辱は大きいのだと言いますが、女子の場合も、父親以外にチョコレートをあげる相手がいないという屈辱は、大きなものなのです。

私の学校は女子校でしたので、バレンタインの日は、放課後に他校の男の子と会ってチョコレートを渡すことになります。ですからバレンタインの日は、朝から誇らし気にチョコレートの包みを友達に見せる子がそこここに。中には、手編みのマフラー（当時はそういうのが流行《はや》ったんですねー）を用意している人もいる模様。楽しそうにそれらを披露する子と、その子に対して憮然《ぶぜん》としながら、

「へー、すごいね……」

とつぶやく私の図というのは、まさにモテる者とモテざる者、そして持てる者と持たざる者の図式なのでした。

私はその時初めて、「富は平等に分配されるものではない」ということを知ったのだと思います。私は、勉強も特別できない方ではなかったし、スポーツもまぁ得意。世の中というものは、「ちょっと頑張れば、どうにかなる」と思っていたのです。頑張りに応じて、人は富を手に入れることができるのだ、と。

しかしモテという富だけは、極端に偏って分配されるようではありませんか。モテている子達は、何かに頑張っているようには決して見えない。むしろ、頑張っていなければいないほど、モテているような気がするのであって、そんな戦線において、果たして私はどうしたらいいのか……？

その時の私は、モテヒエラルキーというものに、その後ずっと支配されることに、まだ気付いていていません。しかし、「モテ問題って、何か不得意かも」ということは、薄々理解していました。かけっこやドッジボールや合唱の時のように、「何となく、うまくできちゃう」という感覚は、そこには全く無かったのです。

中学時代。それはこのように、今までとは全く違う評価基準が、生活の中に入ってくる時期です。小学生時代までは、「ま、中の上くらい？」と色々なことに関して思っていた私は、いきなり自分が「下」の人である事実を叩《たた》きつけられました。さて、そこからどうやってはい上がっていくつもりなのか、自分……と考えると、中学時代だけには二度と戻りたくない私。さらに言えば、その先どんどん物差しの種類は増えていくばかりであるということも、当時の自分にはまだ、隠しておいてあげたいのです。

偏差値

モテだの性だのといった物差しが突如として登場した中学時代、もう一つ私が初めて出会った物差しがあって、それは「偏差値」というものでした。

いわゆるエスカレーター式の学校に行っていた私は、中学入学時、受験に合格して入ってきた子達と合流することとなりました。「下から」の子と「外から」の子が、同じ教室で勉強することとなったのです。

この手の学校における微妙な空気感というのは、桐野《きりの》夏生《なつお》さんの『グロテスク』に詳しく書いてあります。「下から」の子達は濃厚な排他的空気をもってがっちりと固まり、「外から」の子は、容姿なり何なり、飛び抜けたものを持っていないと対抗できない、というような。

元々の友達である「下から」の一群に、全く新しい細胞である「外から」の一群が加われば、様々な化学反応が起きるのは当然のことです。古い組織と新しい組織は、時に拒否反応を起こしながらも、融合をめざしていくこととなる。

中学の入学式、すなわち外から組と下から組が初めて合流する時、両者は共にとても緊張していました。外から組は「この学校に馴染《なじ》めるだろうか」と。そして下から組には「この学校では私達の方が古株」という意識がありましたが、同時にコンプレックスも抱えていたのです。

してそのコンプレックスとは、偏差値の問題。受験をして入ってきた子達は皆、小学校の半ばから塾に通っていたわけです。外から組の子達が交わす、「四谷大塚《よつやおおつか》、どこ行ってた？　中野《なかの》？」といった会話を聞いていると、そこには受験戦争をくぐりぬけてきた誇りのようなものが感じられました。

対して下から組の子達は、偏差値の洗礼を受けていません。偏差値が低いというよりも、偏差値が「無い」のです。偏差値の無い世界に生きてきた子と、偏差値の一ポイントの上下に泣き笑いしていた子が一緒になるということで、そこには混乱が生じます。下から組の子が「四谷大塚って、何？」とポカーンとしているうちに、成績上位は外から組に占められるように。

私も、小学校時代は特に勉強ができない方ではなかったはずだったのに、成績は急降下していきました。それもそのはず、中間試験だの期末試験だのと言われても、勉強のやり方を、そもそも知らない。通知表には、赤い文字で書かれた数字（赤点ですね）が散見されるように。戦い方を熟知している受験戦争体験者に対して、下から組は丸腰でボーッと突っ立っているようなものだったわけで、当然の結果と言えましょう。

そして下から組は、世の中には偏差値という基準があって、それは生きていく上でとても大切なものらしい、ということを知ったのでした。偏差値が高ければ高いほど、どうやら偉いらしい、ということも。勉強の面では外から組に対抗できないということを早々と知った子達は、自分達に一日の長がある分野、すなわち遊びの面で頑張るように。中学の半ばからグングンと女っぽくなってモテだしたのは、たいてい下から組だったものです。

男の子の話にうつつをぬかしている下から組を横目に、外から組は、「ヘンサチ」「ゴサンケ」「ニキョウカ」といった、受験業界用語を使って、楽しげに会話しています。それは、退役軍人達が、戦争時代の思い出を語り合っているかのよう。それを聞いている下から組は、まるで自分が兵役逃れをした者であるかのような、いたたまれない感じを抱いていたのでした。

苦しい体験というのは、しばしばそれを共有した者の間に強固な連帯感を育《はぐく》みます。同時に、体験の共有者達は、非体験者を排他的な視線で見るようになる。古株であるという理由のみで下から組が大きな顔をするのに抗して、外から組は「我々は受験という大変な経験をしてきたのだ」とアピールしたのでしょう。

このような構図は、様々な世界で見られるものです。ある組織に、最初からもしくは古くからいる人は、「早い者順」という価値観のもとで、「我々は昔からいるのだから、偉いのだ」という特権意識を持っている。そこに新しく入ってきた人は、高い能力を持っているが故に「能力の高い順」という価値観を持っている。

たとえば、譜代大名と外様《とざま》大名とか。はたまた、新入社員として入社して会社に馴《な》れ切ったはえぬき社員と、ヘッドハントされて中途入社したやる気まんまん社員、とか。ある町に先祖代々住んでいる人達と、新しく建った高級マンションに引っ越してきた住民、とか。それらの二者間にも、「早い者順か、能力順か」という対立があるのではないか。

昔からそこにいる古株達は、「新参者に何がわかるというのか。本当のスピリットを理解しているのは自分達だ」と、「昔からいる」ということのみをアイデンティティに。対して新興勢力側は、「昔からいるっていうだけで偉そうに。せいぜい能力不足で泣かないようにな」と思っているわけですが、しかし両者は、表面上は仲良くしていたりするのです。

ま、私が通った学校の場合はそう偏差値が高いわけでもなく、また下から組の既得権益が大きいわけでもなかったので、両者は次第に融合していったわけです。が、大人になった今になって、外から組の友人から、

「最初は学校に馴染めなかったものだわ……」

といった告白を聞くと、あの時期の微妙な空気を思い出さずにはいられません。

受験というのはまた、ある種の人にとって妙に癖になる味わいがあるもののようです。日能研《にちのうけん》のバッグを背負ったメガネ小学生が、ツクコマと開成《かいせい》はどちらが上か、みたいな話を電車の中でいきいきと交わしている光景を目にすることがありますが、その目の輝きを見ていると、「彼等は受験生と言うよりも、受験オタクなのではないか」と思えてくるもの。各校の偏差値や倍率や大学合格者数を知ることが、勉強以上に楽しいらしい。

私の世代は、既に子供に中学受験をさせるお年頃になっているわけですが、受験生の子を持つ友人達は、

「何だか自分が四谷大塚に通っていた時代を思い出して、すごく楽しいのよ！　うち

の子はサピ（＝サピックス）に行かせてるんだけど、私の時代とは偏差値とかぜんぜん違ってるのね。あの学校が今やこんな偏差値高いの！　とか、入学時の偏差値の割には大学合格実績が良い学校とか、そんなことを調べるのが楽しくてしょうがない！偏差値マニアの血がたぎる！　私が代わって受験したい！」

と言っていました。

また、やはりかつて四谷大塚に通っていた男性は、人を見ると、まず出身高校を知りたがる。そして、

「へーえ、○○出身だったんだ。あそこって結構偏差値高いよね。スゴイね」

などと、出身高校の偏差値で人を見るのです。

受験オタク、偏差値マニア。彼等がその手のものに夢中になるのも、よく理解できます。世の中には様々な物差しがあって、私達はいちいち高だの低だの上だの下だのと測られているわけですが、しかし表向きは「人間に高低などない」ということになっている。明らかにあの人の方が上で自分は下なのに、そんなことには気付いていないかのように振る舞わなければならなかったりもする。

そんな中で偏差値は、明確な数字をもって、人に順位をつけるのでした。努力して武器やＨＰを身につければ最終的に宝物を入手できるロールプレイングゲームのよう

に、たくさん勉強して高い偏差値を得れば、良い学校に合格をすることができるというそのシンプルな構図が、受験オタクにとっては気持ちいいのではないか。ゲームにおける裏技のように、様々な受験テクニックを身につけていくことも、楽しいことでしょう。

受験オタクと化すのはたいてい、高偏差値を誇る頭の良い子であるわけですが、彼等は受験の世界では、ゲームの中の勇士のように自由に振る舞うことができます。喧《けん》嘩《か》やスポーツは弱くても、模試の上位に名前を見つけることによって、強者としての自信を得ることができるのです。

ただし受験オタクがいきいきと楽しむことができるのは、志望校に合格するまで。受験という楽しいゲームは、いつか必ず終わってしまうのであり、合格した後は、偏差値というわかりやすい基準ではなく、目に見えない物差しが幅をきかす世界に入っていかなくてはなりません。大人になっても、

「あそこって結構偏差値高いよね」

と言い続ける人というのは、楽しかった受験オタク生活が、いつまでも忘れられないのです。

大人になると私達はしばしば、「人間、出身校じゃないよね」という話をするよう

になります。「私はこんな駄目な東大出身者を知っている」というネタは、飲み会の恰好《かっこう》のネタになるもの。

東大出身者といえば、日本偏差値界における帝王であるわけです。そんな帝王が社会に出てみたら意外と駄目だった、となるのが私達は嬉《うれ》しくてしょうがない。

「東大なんて、使えない奴ばっかり！」

と言うことによって、私達は東大を上から見ようとしているのです。

目に見えない様々な物差しが複雑に絡まり合う世間のことを思えば、偏差値だけを考えていればいい受験ライフは、まだ楽だったのかもしれません。大人になっても偏差値の世界に戻っていきたがる元受験オタク達の心境も、今となってはわからなくはないのでした。

センス

高校生になった私は、相変わらず成績は低調ながらも、楽しい高校生ライフを満喫するようになりました。私が通っていた学校は私服でしたので、毎日学校に着ていく服に頭を悩ませ、友人達とディスコ（当時）に繰り出し、たまには背伸びしてカフェバー（当時）に潜入、みたいな軽～い生活を楽しんでいたわけです。

しかしクラスを見渡してみると、ファッションにもディスコにも、全く興味が無さそうに見える人達もいるのでした。彼女達は休み時間、同類同士で集まって、口をあまり動かさない独特の話し方で、アニメの話などをしている。今思えば、その手の人達は初期のオタクであり、初期の腐女子であったのだと思うのです。しかしまだその手の言葉が発明されていなかった当時、「あの人達は何が楽しくて高校生をやっているのかナー」と、私は思っていた。

初期の腐女子ばかりではなく、ガリ勉派がいたりスポ根派がいたりと、クラスには様々な個性を持つ人達がいました。そこで私は授業中に、「ひとつ、このクラスの人達の配置図というものを、作ってみよう」と思い立ったのです。まずは「お洒落《しゃれ》――ダサい」を縦軸に、そして「真面目――遊んでる」を横軸にとる。クラスの友人達それぞれについて、両基準を鑑《かんが》みつつ、マッピングしていったのです。

一番右の一番上には、お洒落で遊んでいる子達の名前がくることになります。そして左下には、ダサくて真面目な子達。センスは良いけれど真面目な子とか、遊び好きな割にセンスが悪い子などは、それぞれの場所に配置される。図が完成してから、私はごく限られた仲間内にそれを見せて、間違っているところはないかと意見を求めたのでした。

その図について今考えると、当時の私にとって、どんな資質を持つ子が偉かったのかということが、よくわかります。つまり私は、お洒落であること、遊んでいることが高校生にとって最も重要な価値だと思っていたのです。お洒落に興味が無い子、毎日学校から家にまっすぐ帰る子などに対しては、ほとんど人格を認めていなかった。

特に、お洒落か否かについては、厳しい判定が為《な》されていました。変な服を着ている子に対しては、

「なにその服～」

と容赦ない批判がされたもの。皆で写真を撮る時など、「Aちゃんの服装がダサいから、写真に写っちゃうと写真全体がダサくなる」と、Aちゃんの前に立ちはだかって服だけ隠すような子もいましたっけ（顔は隠さないのが武士の情け）。はたまた、しばしば同じセーターを着てくる子については、

「あのセーター、相当お気にいりなんだね」などとひそひそ言い合い、「あの子が明日、お気にいりのセーターを着てくるかどうか」について、持ち点制で毎日賭《か》けたりしていたのです。

ただし言い訳をしておきますと、この「ダサい子批判」は、本当にダサい子、すなわち配置図で見た時に左下に位置するような、ファッションに興味が全く無くて遊んでもいない子達に対しては、為されなかったのでした。左下にいる子達は、センスが「悪い」のではなく、センスが「無い」人々。無い袖《そで》は振れぬだろうよ、ということはわかったので、批判をしてもつまらなかったのだと思う。

批判と揶揄《やゆ》の対象となったのは、お洒落はしているつもりらしいがどうにもとんちんかんという、バッドセンスな子達だったのです。頑張っているからこそ変、といったファッションを嗤《わら》うのが、私達にとっては娯楽となった。

さらに言い訳をするなら、そんな我々が非常に意地悪であったことは認めますが、

その意地悪さを、揶揄の対象となっている本人に伝えない努力はしておりました。本人に伝わってしまっては、それはいじめ行為になってしまいます。我々が楽しみたかったのは、いじめ行為ではなく、純粋に「下に見る」ことだったのだと思う。どっちもどっちだろうという話はありましょうが、本人に伝わらないギリギリのところで、対象のダサさを炙《あぶ》り出して嗤うことが、我々意地悪派の矜持《きょうじ》と言えば矜持でした。

そしてもう一つの軸、遊んでいるか真面目かというのも、高校生ならではの基準であったかと思います。遊び場へ本格的にデビューしていくのが、高校時代。であるからこそ、より早い時期から、より深く遊ぶことが、恰好《かっこう》いいとされたわけです。

私達は、「高校生であるという肩書きには、価値がある」ということに気付いた最初の世代かと思います。少し上の人達は、高校生であっても大人っぽく見えることが恰好よかったのですが、我々の世代からは、「高校生らしさを前面に押し出した方が、得だ」ということに気付き始めたのです。

今の女子高生達は、私服の学校であっても、チェックのミニスカートにハイソックスといった学生らしい恰好をして、「私は高校生なのです」ということを誇示していますが、私達もそのシステムを取り入れていました。あえて皆で揃いのチェックのスカートを着て、渋谷《しぶや》を練り歩く楽しさといったらなかった。

一方では、「高校生なのに、そんなに遊んでるの！」と言われることもまた、無上に嬉しかったのです。大学生ばかりの遊び場に高校生の立場で登場し、「わっかーい！」と言われることも、快感でした。

大人になった今になってみると、遊んでいるかどうかなどといったことは、本当にどうでもいい基準なのです。しかし当時は、お洒落な大人しか入ることができないディスコにあの子はいつも行っているらしい、みたいなことを聞くと、猛烈に羨《うらや》ましかった。遊び場にしても、六本木《ろっぽんぎ》のディスコは偉くて、渋谷はいまいち、新宿《しんじゅく》はダサい……といったヒエラルキーがあったものです。

以上、ファッションと遊びという二つの軸を見てみますと、当時の私がクラスメイトに対していかに偏った見方をしていたかが、よくわかるのでした。高校生なのであるからして、勉強ができるか否かという軸が当然入ってくるべきなのに、そんなことは考えもしなかった。勉強ができる子に対しては「あんなにつまんない勉強を熱心にやるとは、すごい」とは思っていたものの、それが「偉い」とは思っていなかったのです。世間では、どんなディスコで遊んでいるかより、どれほど勉強ができるかの方が重要視されるということに、私は気付いていませんでした。

おそらく、勉強ができてファッションには興味の無い子達は、心の中で別の座標軸を持って、クラスの配置図を作っていたのだと思います。私が作成した図において右上にいたようなチャラチャラした子達は、勉強ができる子達の心の中の配置図では、左下にいたことでしょう。

大人になってから私は、「軸は人それぞれ」ということを知るわけですが、当時は「自分が持つ軸以外に軸は存在しない」と信じていました。初期の腐女子の子達がアニメ話をしているのを見ると、同じ人間と思うことができませんでしたし、そこに価値があるとも思えなかった。しかし今となっては、オタク文化は斜陽の国・日本を支える柱の一つとなっております。彼女達が持っていた軸が、今や花開いているのです。

集団の中にいる時、人はそれぞれ、自分を右上にマッピングすることができるような軸を、心の中に持とうとするのでしょう。その位置から下を眺めることによって、クラスならクラスという集団の中で生きていくための自信を、得ていたのではないか。

「自分は右上」と、おこがましくも信じていた私は、今、同窓会に行ってみると、「軸は人それぞれ」という事実を痛感します。勉強軸の中で生きていた子達は、医者になったり公認会計士になったりして、キャリアウーマンとして輝いている。オタク軸の中で生きていた子は、今も同人誌でマンガを描いているという。

さらには私は、モテ軸というものを、見落としていたのでした。なぜ見落としていたかというと、私の中では完全に、「右上にいる人間こそが、モテる」と思っていたから。つまり、お洒落で遊んでいる子にしか、男の子は興味を持たないものだと、何故か信じ込んでいたのです。

しかし、女の子に色々なタイプがいるのならば、男の子にも色々なタイプがいるのです。お洒落で遊んでいるような女の子のことが好きな男の子など少数派、と言うよりどちらかといえば特殊な男の子であるということを、私はまだ知らなかった。勉強派やオタク派、スポーツ派といったそれぞれの派閥の中で、人はモテたりモテなかったりしていたのです。

クラスの中で全く目立たないダサめの子にボーイフレンドがいるということを知った時は、「あんな子でも異性に興味を持つんだ！」と心底驚くと同時に、「地味な子でも異性に興味を持つって……、何か不潔！」という理不尽な感想を持った私。それは、私が全く世の中のことを知らなかったせい、そして自分にボーイフレンドがいなかったが故のひがみのせいであったのでしょう。

高校時代は、「同じ人間ではない」と思っていたような人達とも、今は同窓会で気軽に話すことができる私。この感覚をあの頃から持っていたら、さらに楽しい高校生活であったろうとは思うのですが、しかし極端な狭量さというのもまた、青春時代の一つの特色。皆が「自分こそは右上」と必死に頑張っていたあの頃の青さが、今となっては懐かしくもあるのでした。

女子高生

中学生時代、確かに私は「少しでも大人っぽく見られたい」という願望を持っていました。成長と性徴が遅かったので、中学生になったばかりの頃は、交通機関は子供料金でもOK、というタイプ。それがあまりに屈辱的であったため、背伸びをしようとしていたのです。

その頃はまだ、「子供は大人に憧《あこが》れるもの」という認識があった時代でもありました。不良達は、学校帰りに駅のトイレで制服から私服に着替え、制服をコインロッカーに入れてから盛り場へ行ったのです。私も、休日にちょっと大人っぽい恰好をしている時、

「へーえ、中学生なんだ！　高校生か大学生かと思った」

などと言われると、無性に嬉《うれ》しかったもの。

その感覚がガラリと変わったのが、高校時代でした。高校生になって、私達はハタ

と気付いたのです。「どうやら我々が女子高生であるという事実には、価値があるらしい。大学生に間違えられてホクホクしている場合ではないのだ！」ということに。

当時、世の中では女子大生ブームと言われておりました。フジテレビでは「オールナイトフジ」という番組が放送され、現役女子大生が、

「○○大学二年、×××子です！」

と自己紹介をしていた。ラジオでも「ミスDJリクエストパレード」という、女子大生がDJを務める番組が人気（故・川島《かわしま》なお美《み》さんも、その番組でDJをされていた）。「JJ」「CanCam」といった雑誌でも、女子大生の華やかな私生活が公開されていたものです。が、そんな中で女子高生である私達は、「こんなブームになってしまったら、女子大生という肩書きは、早晩価値の薄いものになるのではないか」と、どこかで感じていたのではないかと思うのです。

なぜ女子大生ブームというものが起こったかといえば、女子大生という素人《しろうと》性が、新鮮だったからでしょう。それは「所属の魅力」とも言うことができますが、「○○大学」とか「××女子大」という肩書きは、彼女達が大学という組織に所属する守られた存在であることを示しました。そんな守られた存在である生粋の素人がテレビに出て、とんねるずという玄人《くろうと》にいじられたり水着になったりするところに、世の殿方

は興奮したのだと思う。

　また、かつて女の大学生というと一握りの選ばれた人達だったわけですが、その頃にはぐっと女子の大学進学率も高まり、女子大生という肩書きはカジュアル化しました。さらには素人女性の性意識も一気にカジュアル化した時代であったため、女子大生という言葉は、ちょっとエッチなニュアンスも帯びてきたのです。所属感という素人性と、エッチっぽさという玄人性が同居するところに、女子大生の魅力はあった。

　女子大生ブームを眺めていた、私達女子高生は思いました。「我々はすでに、遊びでもファッションでも、女子大生と同じことをすることができる。同じことをするのなら、より若い方が恰好いいのではないの？　だとしたら、女子高生であることをアピールした方がいいのでは？」と。

　そこから私達は、方向転換をしたのです。夜遊びの席においても、大学生達がいる場所に高校生である私達が行くと、若いという分だけ、高校生の方が目立ちます。

「へーえ、高校生なんだ！」

　という男子大学生達の言葉には、ガキを見下すニュアンスは存在せず、むしろ女子高生という若さを珍重する響きがあった。そんな言葉を耳にしてムッとしている女子大生を見ると、私達は「若いって、それだけで偉いんだ！」ということがはっきりと認識でき、「女子大生は敵ではない」と、つまりは年上の人達を見下すようになったのです。

かくして私達は、大人っぽく見られるための努力は一切やめ、「自分達は女子高生である」ということを積極的に周囲に知らしめようとしたのでした。通っていた学校は私服で、ストッキングにパンプスであろうとムートンのコートであろうと何を着てもよかったのですが、

「そんな恰好をして通学したらOLみたいではないか!」

ということで、大人っぽい服装は封印。

制服が無いということは大きなハンデであることにも、我々は気付きました。制服がある学校の女子高生は、皆で揃いの制服を着て歩いているだけで、「あ、女子高生」と思ってもらえるのです。しかし私達は皆がバラバラの服を着ているわけで、そこに団体の迫力が出ない。

そこで私達がとった苦肉の策は、「皆であえて同じ服を着る」という、自主制服づくりでした。伊勢丹《いせたん》の制服売り場へ行き、Vネックにチェックのスカートというとあるインターナショナルスクールの制服を仲間うちで揃いで買い、学校へ着ていく。放課後に皆で繁華街に繰り出せば、

「私達、女子高生って感じ！」

と、堂々と練り歩くことができた。

今となっては、その手の行為は当たり前のこととなっています。今や、「女は若ければ若いほどいい」という意識は、女子小学生さえ知っていて、十五歳の女子中学生が、

「アタシなんてもうおばさんだから……」

とため息をつく時代。女子高生が「女子高生」という自らのブランドをアピールしないわけがなく、私服の学校に通う子達は、原宿《はらじゅく》などにあるなんちゃって制服ショップで、いかにも制服風のセーターとチェックのスカートとリボンを購入しています。男子学生ですら、本当は私服の学校なのに、「こっちの方がモテるから」と、自主的に学ランを着る生徒が多いというではありませんか。

女子高生が自らの若さを根拠に、年上の女達を見下すという意識は、このように八〇年代前半くらいに発生し、今に至るまで連綿と続いています。そんな意識に敏感に気付いていたのが、秋元康《あきもとやすし》さんでしょう。「オールナイトフジ」を考えたのは秋元さんだったわけですが、私が大学生になった時に秋元さんが始めたのが、女子高生による番組「夕やけニャンニャン」。番組に出ていたおニャン子クラブは、日本中の男子

達に人気となりました。

ここでもキーワードは、「所属」ということになります。素人の女子高生達がテレビに出てきたことによって番組は話題になったわけですが、彼女達は高校生である上に、おニャン子クラブという団体にも所属していました。その所属感が、日本の男子達のハートに火をつけたわけです。そして同じ手法は今、AKB48においても十二分に生かされているのでした。

おニャン子クラブが人気者になった時、既に女子大生になっていた私は、その現象を見て「チッ」と思っていました。「若ければ若いほど偉い」という価値観のもと、大人を見下して女子高生ライフを謳歌《おうか》した我々でしたが、女子高生という価値ある肩書きは三年間の期間限定。高校を卒業してしまえば、かつて馬鹿にしていた女子大生に、自分達がならなくてはいけなかったのです。

世間を見てみれば、「おニャン子クラブ」の大ブームによって女子大生ブームは終《しゅう》焉《えん》を告げ、女子高生ブームが起こっていました。自分達より若い女子高生達が、「おニャン子クラブ会員ナンバー四番、新田恵利《にったえり》です！」などと初々しく言う姿を見て、周囲の男子大学生の目もハートになっているではありませんか。「若ければ若いほど偉い」という価値観を自分達で広めておいて、その価値観に自分達の首が絞められた、ということになりましょう。

女子高生ブームの到来によって、それまでは「自分達が一番偉い」と思っていた我々の自信も、揺らいできました。が、「年上を見下す」という感覚は、女子高生時代から引き続き、持ち続けていたのです。大学生になれば、上級生の女子よりも自分達の方が偉いと思い、フレッシュマンの魅力を駆使して先輩の彼氏を奪う。また年をとって自分が上級生になれば、OLよりも自分達の方が偉いと思う。そして自分が社会に出れば、結婚せずにバリバリと働き続ける先輩女性社員を見て、「ああはなりたくないものだわ〜」などと思うようになったのです。

しかし、若い人が、自分より若くない人を見下し続けながら生きていると、恐ろしいことが起こります。すなわち、かつて「ああはなりたくないものだわ〜」と思っていたような人に、いずれは必ず自分がなってしまうのです。

女子大生を見下していた女子高生は、自分が女子大生になって、女子高生にお株を奪われる。先輩女子大生の彼を奪った新入生は、自分が上級生になった時、後輩に彼を奪われる。そして「結婚もせずに働いて何が楽しいのかしら」と先輩女子社員を見ていた新入社員は、ものの見事に自分も結婚せずに働き続けることになる、と。

どうやら私達は女子高生時代、気付かなくてもいいものに、気付いてしまったようです。若者が常に自分より年上の人に憧《あこが》れる世の中であれば、年をとることに希望がもてるはず。しかし女子高生の時、「若いということには価値がある。そして自分の価値は、今が最高なのだ」と気付いてしまったら、後は自己評価がどんどん下がるばかりではありませんか。

しかし、それでも人は何とか生きていくことができるのです。四十代になった私は、自分より年上の人を見ては、まだ「あの人よりはマシ」とか「ああはなりたくない」などと思っているではありませんか。これを果たして、不毛と言おうかポジティブシンキングと言おうか。思考の癖というものは、何歳になっても変わらないのでした。

地方出身者

大学に入学して、初めて出会った人達がいて、それが地方からやってきた人々でした。

大学に入学してすぐ、新入生達は一緒にオリエンテーリング合宿というものに行ったのですが、自己紹介タイムにおいて、知らない地方の知らない高校から入学してきた人達がいることを、私は知ったのです。

皆が親元から通っている高校時代とは違い、大学に入れば、色々な地方から学生が集まってくることは、頭ではわかっていました。しかし同級生の女の子が、

「兵庫から来ました。よろしくお願いします」

などと言っているのを聞くと、私はおおいに驚いてしまったのです。

それは、驚くと言うよりも、おののくという気分に近かったのかもしれません。当時の私は、親元を離れるということなど想像だにしたことがなかったのであり（実際、

初めて親元を離れたのは大学入学の十年後）、自分と同じ十八歳の若者が、故郷を離れて一人暮らしをしているというその勇気と行動力が、恐ろしいもののように思えた。

自分が苦労知らずの甘い人間だと思われるのではないか、という恐れもありました。一人暮らしの学生と比べると、親元派の学生は、明らかに安穏とした生活を送っています。家に帰れば食事が用意されており、洗濯も掃除も親任せ。バイトもせずに親からお小遣いをもらっている人もたくさんいました。

そんな我々を、

「チッ」

という思いで、地方出身者は見ているのではないか。そんな気がしたのです。

東京出身者は冷たい人間だと思われることにも、恐れを抱いていました。「地方から東京に出てきた人が、東京人にいじめられる」という話はよく聞きました。

「訛《なま》りを馬鹿にされてつらい」

といった話も。

そういった話を聞いた時は、「馬鹿になんか、したことないけどなぁ」と思っていた私でしたが、しかしそれは、地方出身の人に会ったことがなかったから。大学生となり、いざ本当に地方から出てきたばかりのおぼこい新入生達に会ってみると、確かに「自分達とは違う」という感覚は否めなかったのです。

まずは、言葉が違う。イントネーションがうっすらと東京の言葉と異なることに、私達はいちいち敏感に気がついて、「あ」と思いました。東京出身者であっても、大学という今までよりも広い世界に出るにあたって緊張はしており、だからこそ余計に、ほんの少しの異物も察知するという能力が磨かれていたのだと思います。

ファッションも違いました。前項にも記したように、私達は「どう見られるか」に命をかけたような高校生活を送っていたわけですが、受験をして上京してきた子達は、それまではずっと制服を着て受験勉強をしていたのでしょう。私服デビューしてから日が浅いわけで、つまりはどうも垢《あか》抜けていない恰好《かっこう》をしているように見受けられた。

もちろん、それらを指摘したり揶揄《やゆ》したりしないくらいの感覚は、私達も持っていたのです。しかし、ふとした瞬間にその手の意識が漏れ出てしまうのではないか。そして彼等から、「東京人は冷たい」と思われてしまうのではないかと、恐れていた。

そんな恐れを抱いた私達がとった行動は、「同類でつるむ」というものでした。日本中のどこで生まれた人であれ、高校時代までは異文化交流というものに全く慣れずに成長していきます。学校に一人か二人、外国人の英語の先生がいたり、留学生が来ていたりすることはあるかもしれません。しかし、「世界には色々な人がいる。否、世界の中の日本というごく狭い国にすら様々な地方があって、様々な人が住んでいる」ということを、多くの若者は実感として知らずに成長していくのです。

だからこそ、高校を卒業した後にいきなり「世の中には色々な人がいます。ですから、自分とは違う文化を持つ人とも仲良くして、世界を広げましょう」ということになっても、やり方がわからない。

結果どうなるのかといえば、同類で固まるしかありません。地方出身の人に対してどう接していいかわからない我々は、たまたま自分達が東京出身という多数派に属していたものだから、努力して同類を見つけるまでもなく、やすやすと多数派で固まることとなりました。下手に地方出身の人と交流して、相手を傷つけたり自分の評判を下げたりするくらいなら、同類だけでいた方がずっと楽だったのです。

私達が地方出身の人と友達になる術《すべ》を持たなかったのは、当然だったのかもしれません。たとえば東京二十三区の西部出身である私は、大学に入るまで、下町在住の人を知りませんでした。大学入学後、下町っ子という人種と初めて交流し、「もんじゃ焼き」という食べ物がこの世にあることを知ったのです。

今となっては、もんじゃ焼き屋さんは東京のあちこちにありますし、東京名物として有名にもなりましたが、その頃はまだ東京都内においても、下町の一部でしか食さ

れていない食べ物でした。大学生になって初めて、

「何これ〜」

と気味悪く思いながらも食べてみたら意外なおいしさにびっくりしたものでしたっけ。八〇年代半ばにユーミンが、下町の男の子と山の手の女の子の交際を描いた「DOWNTOWN　BOY」を歌ったわけですが、つまり当時はまだ、東京の中であっても地域間の文化の混交が、進んでいなかったのでしょう。

当時は、微妙な地域差を面白がるような時代でもありました。「お洒落《しやれ》」ということに皆が憧れていた当時、ほんの少しの違いの中に、お洒落であるか否かの区別を見るのは、楽しいゲームのようなものだったのです。

たとえば、車のナンバー。二十三区の中では、品川《しながわ》ナンバーはお洒落で、練馬《ねりま》はいまいち、足立《あだち》はダサい、ということになっていて、住民票を移動してまで品川ナンバーを取ろうとする人がいたものです。父親に頼み込んで頑張って買ってもらった一番安いタイプのBMWそれも足立ナンバー、で六本木に来る陸《おか》サーファー、みたいな存在を指摘するコラムを「POPEYE」で読んで、私達は笑っていました。

埼玉や千葉といった東京から近い県が馬鹿にされる風潮が強くなったのも、この頃でしょう。東京からは近い、しかし近いが故に田舎にも都会にもなり切れずにダサい、

ということになっていたのですが、同じような東京の隣である神奈川は、横浜《よこはま》や湘南《しょうなん》といったお洒落地帯を擁しているためにダサいとは判断されず、独自のブランド感を保っていたのでした。

そんな細かい地域差を取り上げて、お洒落とかダサいとか言うことが楽しかったのは、私達がいるのが東京だったからなのだと思います。東京は、様々な地域から人が集まってくる場所です。地元にずっと住んでいる人が圧倒的に有利かといえばそうではなく、実力さえあれば、遠くからやってきた人も何でもできる。むしろ地方から来た人の方が根性があって、名をあげやすかったりもするのです。

そんな群雄割拠の街において、何とか自分の優位性を確保するために、人は細かな差別をしていたのでしょう。目黒《めぐろ》に家はあるけれど没落しつつある、という一家の一員は、埼玉や千葉を馬鹿にすることによって、アイデンティティを保とうとしたのではないか。

そんな細かな地域差別で大喜びしていた私達は、ですから大学に入学して目の前にいきなり、今まで会ったことがなかった地方の出身者が登場して、どうしていいかわからなくなってしまったのです。千葉や埼玉や足立ナンバーの人と同じように、軽ーく馬鹿にしてもいいのか？　いやそれとも……、と。

結果、私達は「馬鹿にもしないが、交流もしない」という道を選んだのでした。わけがわからない存在に対して、見て見ぬフリをしたのです。

そうこうするうちに、四年間はあっという間に過ぎました。私は同類で固まった井の中でのみ過ごし、とうとう地方出身の人と一人も友達になることなく、大学生活を終えました。

その後社会に出ると、大学とは比べものにならないくらい地方出身者が東京には多いことを私は知りました。もう同類で固まることなどできず、否《いや》でも応でも様々な地方出身の人と異文化交流をしながら、日々を送ることに。

そんな中で、関西《かんさい》、特に京都の人に会うと、「東京よりウチの方が偉い」という感覚があることにも、気づいたのです。日本史に疎い私は、「昔は京都が都だった」と聞いてもピンとこなかったのですが、京都を旅するようになって、やっと明治より前の時代は、天皇は京都にいたということを実感するように。京都が都だった時代は、関東といえばド田舎。京都から見たら江戸《えど》は、荒々しい夷《えびす》だのあずま人が住む場所であり、「下って」いく場所だったのです。

その事実を知った時、私は少しほっとしたのでした。田舎出身の人が、「俺なんか田舎者だからさー」と言うと、「そうですね」とも「そんなことありませんよ」とも言えず、どうしていいかわからずに困ったもの。かつ、その切り札のような台詞《せりふ》を言うことができることを羨《うらや》ましく思っていたのですが、東京もあずまという田舎であることを思えば、

「私なんか関東の荒夷《あらえびす》だからさー」

と、切り札を出すことができるのです。

日本という井の中から出たことがない私は、世界の中で、日本人がどのような「あずま人」であるかを、知りません。が、「とはいえ所詮《しょせん》、あずま人」とさえ思っていれば、意外と楽に生きられるのではないか、という気もするのでした。

男尊女卑

大学に入学して初めて体験したことはたくさんあって、前項にも書いたようにもんじゃ焼きなどもその一つであるわけですが、さらにもう一つ、私が大きな衝撃を受けた初体験は、男女共学というシステムでした。

幼稚園以外は女子校で育った私にとって、女子だけの世界こそが、日常でした。男子の存在を全く知らないわけではないのです。家の中には兄がいましたし、男子に飢えていた高校時代には、男子校の生徒達と合コンのような行為も繰り返していた。

しかし、兄は異性というより家族ですし、合コンで出会う男子達は、ハレとケという言葉を使うならば、完全にハレの存在。合コンであれディスコであれ文化祭であれ、男子がいるという状況は非日常というか非常事態というか、とにかく特別で特殊だったのです。

女子校の女子にとって男子とは、ステーキのような、はたまた芋粥《いもがゆ》のような、すなわち「ごちそう」的存在でした。それは、毎日食べられるものではない。恋慕の末にやっとありつくことができるものなのです。

そんな「男子」が、大学に入ってみたらそこら中にいるではありませんか。あれほど欲していた男子が、右にも左にも当たり前にいる贅沢《ぜいたく》さに、私は目が眩《くら》む思いだった。

が、その後間もなく、『芋粥』主人公のように、私は困惑してしまったのです。ごちそうがたくさん、という状況は嬉《うれ》しい。しかしごちそうは日常生活に、そぐいません。男子という存在は、ちゃんとお洒落をして気合いを入れた時にだけ接するものと思っていたのに、教室で寝こけたり、学食で鼻水とともにうどんをすするという思いっきりケな生活をしている時、すぐ隣に男子がいる事態に、私は激しい違和感を覚えました。

その後、男子と一緒のクラブ活動で揉《も》まれたせいか、次第に男子と一緒の生活にも慣れていった私。そうなってくると、今度は違う感覚が生まれてきました。男子枯渇状態にあったため、どんな男子でもありがたいごちそうに見えた高校時代から一転、男子が当たり前にいる状態になると、当然ながら「男子といっても質は様々」ということに、気づいたのです。

面白くないことばかり言う。ダサい。恰好《かっこう》悪い。自分のことを恰好いいと思ってる。食べ方が汚い。無理して外車に乗ってる……などと、男子のアラはいくらでも発見することができました。女子校時代に熟成させてきた、重箱の隅をつつきすぎて穴を開けてしまうような意地の悪い視線は、男子に対しても容赦なく向けられます。自分達では「単に正直なだけ」と思っていても、他人からするとびっくりされるような口の悪さをもって、男子達の欠点を女子同士であげつらっていくのは楽しいものでしたが、そのノリは傍《はた》から見ているとすさまじかったに違いない。

素敵なごちそうだと思っていた男子が、「そうでもなかった」とわかった時、私は落胆こそしなかったものの、その事実は、その後の人生にもおおいに影響を及ぼす結果を残したのでした。すなわち、それまでの期待が大きすぎた分、一気に「男子を下に見る」ことになってしまったのです。

人は、自分と同じ人間だと思うことができない相手のことは、仰ぎ見るか、見下すか、どちらかの見方をするものです。高校時代までは、男子のことを同じ人間だなどとは夢にも思わなかったからこそ、私は彼等を仰ぎ見ていたわけです。

大学生になって生活の中に男子が大量流入してきても、やはり私は彼等のことを同類視することはできませんでした。だからこそ、男子の欠点が明らかになればなるほど、「同じ人間なのだからしょうがない」と思うのではなく、一気に彼等を見下すようになったのでしょう。

一方では、大学生活の中にはもう一つの現実がありました。それまでの女子だけの環境において、我々は男尊女卑という思想からも、守られていました。何事も女子だけで物事を進めてきた我々は、リーダーシップをとるのも女子、肉体労働も女子。男子を頼るという発想も無いし、委員長が男子で副委員長は女子、みたいなこともちろん無い。男子が先で女子が後といった経験も、無かったのです。

そんな中、大学に入って初めて触れた、男尊女卑思想。飲み会では、自らがすすんで男子にお酌をしまくるような、つまりそれは自らが進んで「下」の立場になるような女子がいて、目を丸くしました。そしてどうやら、そのようなことをされると満更でもなく思う男子も少なくないことにも驚いた。

また私は、男女が共に練習を行う体育会のクラブに入っていたのですが、クラブ内では明らかに女子が「下」の存在でした。きつい肉体労働が女子は免除されていたり、女子の人数の方が圧倒的に少ないということもありましたが、女子は男子よりも軽視され、時には邪魔者扱いされたのです。

男が上で、女が下。この感覚が生まれて初めて自分の身に降りかかってきて、私は驚きと同時に、怒りを感じたものです。元来、負けじ魂が強いからこそ体育会のクラブなどに入ったわけで、そこで「女は男より下」となったら、その魂をたぎらせないわけがありましょうか。

しかし私は、そこで闘士になることができませんでした。本当に義憤を感じているのならば、クラブの中で自分が手を挙げて主将にでもなり、男子をひっぱっていくという革命もできたはず。しかし私は負けじ魂をたぎらせながらも長いものに巻かれ、男子の支配下に降《くだ》ることとなったのです。

かくして、私の心の中には、一種のねじれ現象が起こりました。クラブ活動においては、男子に支配されながらも、その心中では男子のことを見下す、という。

そこで私は、ハタと思ったのです。「これって、日本の夫婦像と同じではないの？」と。妻は夫の支配下に入り、夫の言いつけに従う。高圧的な夫に対して不満を持っていても、離婚するのは面倒だし、男女同権によって負わなくてはならない責任も面倒だから、不満を抱きながらも夫に従う。しかし本当は、妻は心の中で夫のことを馬鹿にしており、それどころか「いつか痛い目にあわせてやる」と怨嗟《えんさ》を溜《た》め込んでいく……って、今の自分と同じだ、と。

私は、自分もどっぷり日本の女であることを、自覚しました。女子校で男尊女卑とは無縁な生活を続けながらも、身体と心には、伝統的な日本の女のエキスがちゃんとしみ込んでいたのです。だからこそ、いざ大学のクラブ活動の中に入ると、「波風をたてたくない」「そういうものだから」といった理由で男子に従って女子枠の中にちんまりとおさまり、しかし女子だけの時は、

「あんな馬鹿な男が主将では、絶対に勝てるわけがない」

などと、男子批判をぶちまけていた。

日本人の男女関係に常にまとわりつくうっすらとした不幸感の原因は、この辺りにあるのではないか、と私は思います。男性は女性のことを、伝統的な男尊女卑思想に基づいて見下している、もしくは見下していたい。対して女性は、男性から見下されることによって、「私のことを見下すことができるようなご立派な男なのかお前は」と、反対に男性のことを見下す。もしくは、キャリアや経済力を身につけることによって自信を得た女性が、反比例するかのように自信を失っていった男性を、見下す。互いが互いを見下し合っているのが、日本の男女です。下に見る視線同士を絡ませ合うことによって、妙な具合につがいのバランスをとっている、というか。

男と女、二種の性しかないのに、互いが互いを「同じ」と見ることは、こんなにも難しいことなのでした。男女のつがいを一つの組織として見た時、どちらかが上にな

り、どちらかが下になって主従関係を作る方が組織の管理面でラクなことは確かでしょうが、そこには幸福感が生まれない。「男も女も同じ」となるには、互いが相当に頑張らなくてはならないのです。

……なーんてことを大学生の私はまだ考えてはいなかったわけで、男子に下に見られる屈辱にはらわたが煮えくりかえりながら、心の中では男子を下に見ることによって復讐《ふくしゅう》したような気分になり、しかし一方では若者らしく「モテたい」的な希望もたっぷり持つという、ねじくれた感覚をもてあましていたのでした。

男子に対する罵詈雑言《ばりぞうごん》をともに語っていた女子校仲間達は、大学における「はじめての男尊女卑」で受けたショックをバネにしたのか、卒業後は皆、バリバリのキャリアウーマンになっていきました。収入も同世代の男性を軽く上回ったりすると、男性を下に見る視線を、さらに強く持つように。

となると当然、「全ての面で俺の上をいかない女がいい」という当時の男性の希望からは大きく外れるわけで、見事に負け犬化が進行していきます。すると、「御しやすい女ばかり選ぶとは、やっぱり男というのは駄目な生き物なのだ」と、ますます男を下に見る視線は強まり、事態はさらに悪化……。

男性の中性化がいっそう進んだ今となっては、男尊女卑欲をたぎらせる若い男性は、少ないのかもしれません。しかし若い女性の側では、長引く不況等によって、「無理して働きたくなどない。専業主婦になって夫に食べさせてもらいたい」という保守化が進んでいます。それは、「従いたい男」と「従いたい女」とが、もはや誰もいない「上」を向いてぽかんと立ちすくんでいるような状況なのです。

男と、女。この最も基本的な組織の中の平等が実現する日は、くるのでしょうか。男女が互いに「同じ」と見ることさえできれば、この世の不平等など全て是正することができる気もしますが、しかし最も基本的なことこそ、最も難しかったりもするのでしょうねぇ。

就職活動

大学生活も後半になると浮上してくるのが、就職問題です。小学校の後に中学、中学の後に高校……と、今まではとりあえず上の学校へ進学していればよかったのですが、大学までくると、いよいよ社会へ出なくてはならない。「何をして働くか」という問題の向こう側には、「どんな大人になるか」という問題が見えてきます。

就職は、景気によっておおいに左右されます。私が就職活動をしようという時、世はバブルの時代でした。それは、希望の会社の内定をもらえないことはあれど、就職が決まらないという事態はまず考えられないという、恵まれた時代。複数社の内定をもらうのも当たり前の、まさに売り手市場でした。

そんな中、体育会のクラブ活動ばかりしていた私は、友人の中でも最も遅く、そして就職について最も浅い考えのまま、就職活動の時期に突入しました。同級生達がリクルートスーツに身を包んで登校するようになって、初めて「あれっ、もうみんな就職活動って始めているの?」と、驚いたのです。

同級生の女の子達を見ていると、就職活動に最も懸命に取り組んでいるのは、女子アナ志望の人達でした。当時は、既に女子アナブーム。華やかに活躍する女子アナを夢見て、志望者達はアナウンサーセミナーにせっせと通っていました。また「スチュワーデス(当時の呼称)になりたい」と熱望する人もいて、その人達もまた、頑張って取り組んでいるようでした。

私は、それら女子アナ・スチュワーデス系の道へ進もうという人達を見て、何とはなしの違和感を覚えたものです。女子アナ・スチュワーデス系志望者は、華やかな人気者タイプが多かったわけですが、就職の志望先を聞いて、「やっぱりそっち側の人だったんだ」と、私は少し寂しいような気分になった。

当時、「そっち側」が何を意味するのか、自分でもよくわかっていなかった私。しかし今になってみるとわかります。「そっち側」とは、「良い結婚をするための就職」の側だったのです。

さらに前の時代は、「女は大学なんかに行ってしまうと結婚できなくなる」という時代や、「女が大学を出ても就職できない」という時代がありました。しかしその後、短大というものが流行し、「良いところに就職したいなら短大、良いところにお嫁に行きたいのなら四大」と言われるようにもなった。

短大を出て就職する人というのは、いわゆる事務職であり、若いうちに数年働いたら職場結婚をして寿退職、というのが一般的パターン。短卒者は、事務職要員であると同時に、花嫁要員であったわけです。

しかしその後、さらに時代は変わりました。一九八六年に男女雇用機会均等法が施行され、女性総合職という人種が、登場するようになったのです。しかし女性が全て総合職というわけではもちろんなく、総合職として働くか、一般職（事務職）として働くか、自らが選択することとなった。

総合職とはすなわち、「男並みの労働」をすることを意味します。仕事の責任も、賃金も転勤等の条件も一緒ですよ、というもの。対して一般職は、「そこまで仕事に気合いを入れるつもりはありません」という人向け。結婚もしくは出産後は仕事を辞めます、という人はこちらの道を選ぶこととなります。

私が就職活動を始めたのは、この男女雇用機会均等法が施行後三年目の就職シーズンでした。この法律の内容をきちんと理解はしていなかったものの、「男並みコース」か「女の幸せコース」、どちらかを選ぶ分かれ道が目の前にあることだけは、漠然と感じていた。

そして私は、結果的に言えば「男並みコース」を選択したのでした。「せっかく大学まで出してもらって、腰掛け程度に働くのでは親にも申し訳なかろうよ」などとも思ったのですが、最も大きな理由としては、「女の幸せコース」の方が「下」に思えたから、なのだと思います。

今まで、男女の差など一応は無いものとして暮らしてきた。だというのにいざ就職となると、女が急に半人前視されるとはどういうことだ。男のアシスタントみたいな仕事につくなんて、ダサいではないか、と。私自身も、女より男の方が上だと思っていたからこそ、女の幸せコースを下に見たのでしょう。

女の幸せコース側の人は、業務よりも、女を売ることを優先するという印象も、私は持っていました。女の幸せコースの仕事とは、やりがいを見つけるとか出世するとか良い賃金をもらうための仕事ではなく、良い婿を見つけるための仕事。そんなコースに進むなんてねぇ……と。

私の視線には、多分に嫉妬《しっと》が交じっていました。女子アナの場合は、職種的には一般職ではなく総合職だったのかもしれません。しかしそれは、明らかに「女の幸せコース」の頂点にある職業でした。女子アナやスチュワーデスを志望する人は、ちやほやされたりモテたりして、素敵な結婚をすることが予想された。また総合商社の事務職になるような落ち着いた美人達も、ほぼ確実に商社マンと結婚して、海外駐在したりするわけです。そんな未来が予測される女の幸せコース側の人達に対して、「ズルして安楽な生活を得ようとして」と、嫉妬していた私。

おそらくは、女の幸せコースにいる人達も、男並みコースに並んでいる私達のことを、下に見ていたのだと思います。「可哀想にあの人達、モテないから男みたいに働くしかないのね。いくらバリバリ働いたって、婚期が遅れるだけなのにねぇ。親は何のために大学に行かせたのか、わかってるのかしら？　良い結婚をするためじゃないの」と。

今になってみると、女の幸せコース側の人達は、ズルをしていたわけでは全くないことがわかります。彼女達は、自分の適性というものを、早くから知っていた人々。男に伍《ご》してぼろぼろになって働くよりも、条件の良い男性と早くつがいになることが幸せへの近道だということを、早くから理解していたのです。

女の幸せコースもまた、決してラクなわけではないということも、今になってみるとわかります。まず、女子アナの座を目指していた人は、ほとんどが目的を達成できずに、次善の策を見つけることとなった。またスチュワーデス（ちなみにこの「スチュワーデス」という言葉も、一九九七年に改正法が成立した男女雇用機会均等法によって禁止され、「客室乗務員」と呼ばれるように。「保母」「看護婦」といった言い方も、この時から消えた）になったはいいが、業務はきついし思うように結婚相手も見つからず、そうこうしているうちに航空業界は落ち目に……という三重苦を抱えるようになった人も。女の幸せコースに進んだからといって、良い条件の男性と簡単につがいを作ることができるわけではなかったのです。

男女雇用機会均等法は、結果として女性が働く場を拡大しました。この法律の登場は、大変に意義あることであったと思います。

一方でこの法律は、女性の中に見えない線を引くことにもなりました。女の幸せコースに並ぶ人というのはつまり、

「私、つがいを作ることに必死になります！」

と宣言している人達。

「しばらくはつがい作りのことは忘れ、必死に働きます！」

という宣言をせざるを得ない男並みコースの人とは、どうしても距離ができてしまう。そして時が経つと、男並みコースの人は、〝条件の良い独身男性〟という限られた資源を、女の幸せコースの人達に不当にかっさらわれたような気分に陥るのです。

……と、そんな未来が待ち受けていることはつゆ知らず、私はとある会社に総合職

として就職しました。その会社には一般職の女性もいたわけですが、私は一般職女性の前において、どうにも居心地の悪さを感じたものです。雇均法施行後、三期目の女子総合職社員ということで、周囲も取り扱いに困ったことと思われますが、こちらとしても、特に一般職女性に対しては「偉そうだと思われないようにしなくては」と思っていた。同じ女であるのに、総合職と一般職という違いがあることに、戸惑いを覚えたのです。おまけに、新入社員の女子総合職の周囲にいるのは、ベテランの一般職女子ばかりなのですから。

しかしそんな気を遣っていたということはつまり、「自分の方が上」と思っていたということなのでしょう。定刻にきっちり帰って行く一般職女性の姿を、デスクで忙しぶりながら見ていた私は、「気楽でいいわねぇ」などと思いつつ、確かに優越感を覚えていた。

その後、雇均法世代と言われる女性達は、仕事がきつすぎたり、周囲からのプレッシャーに耐えきれなかったり、私生活と仕事との両立に耐えきれなかったりで、次々と仕事を辞めていったと言います。私もまた、あまりにも仕事に向いていなかったために三年で会社を辞めたのですが、それはつまり、総合職に適していなかったということ。

雇均法施行直後、わけのわからぬまま女子総合職としてしゃにむに働いては散っていった女性達が人柱の役割を果たしたのか、その後の社会における男女の機会均等は、少しずつではありますが、進んでいるものと思われます。しかし今も、就職時における女の幸せコースというのは厳然として存在しており、男並みコースとの違いは大きいのです。

女の世界に二つのコースが用意されていることは、女にとって決して幸せなことではないと私は思います。そしてこの目に見えない分断を解消する方法は、全ての女性が男並みコースへ行くことでは、もちろんありません。女の幸せコースと男並みコースを自然な形で融合し、男も女も自分が最も生きやすい働き方を選ぶことができれば、女の幸せコースに進んだ人が、子育て後に「私って何?」と悩むこともないでしょうし、男並みコースの人が家庭と仕事の両立に死にそうになることもない。そして何より、同性同士の間での不毛な反目もなくなるのではないかと、両コースからドロップアウトしてしまったアウトローの私としては、思うのでした。

得意先

大学を卒業し、広告代理店に就職した私。入社後一ヶ月ほどは、同期のメンバー達とともに、研修に励みました。電話の取り方、名刺授受のしかたといったごく基本的なことから始まって、各部署の説明等を聞いたり、グループに分かれて課題に取り組んだりしつつ、志望の部署を考えるのです。

時には、遠足気分でビール会社の工場見学にも行きました。工場見学の後は、ビールを試飲する前に「正しいビールの注《つ》ぎ方」というものを学んだのですが、そこにはおそらく「君たちはこれからしばらく、ひたすらビールを注ぐ側に徹するのだよ」という意味が込められていたのでしょう。

まだ実務など何もしていない研修の身ではありましたが、私にとって会社員生活は、カルチャーショックの連続でした。様々な大学、様々な地方出身の同期達。そして、ほとんど生まれて初めて出会う「大人」という生き物。

学生時代はクラブ活動ばかりしていたせいで、ごく狭い世界しか知らなかった私は、まさに井の中の蛙《かわず》状態でした。周囲の人々に対して「バカだと思われてはならじ」と見栄《みえ》を張っているうちに、ストレスが高じて結膜炎になったりもしましたっけ。

研修の中でわかってきたのは、「社会は上下関係によってできている」ということでした。名刺を授受する時は、まず「下」の側から「上」の側に渡すこと。タクシーに乗る時も、序列によって座る場所は決まっている。宴席においても上座と下座があるのであり、「下」の者は最も入り口に近い席へ……。

それまでの人生においても、上下関係はもちろんありました。学生時代も、年齢による上下の差は厳しいものだったのです。中学時代の部活では、一年でも上の人に対しては「○○先輩！」と呼び、先輩からは「××！」と呼び捨てにされる。一年生はひたすら球ひろいとか、着てもいいウェアが限られるなど、理不尽なルールもいっぱい。

大学時代の体育会生活では、上下関係はさらに厳しくなりました。それはほとんど軍隊のような感覚であり、初年兵ならぬ一年の時は四年の先輩がとてつもなく偉く思えたものですし、ＯＢなどは神様扱いだった。

儒教文化圏の日本において、年齢による上下関係が存在するのは自明のことであり、社会に出てもそれは続いていきました。研修を終え、五月のゴールデンウィーク明けに、私はとある部署に配属されたのですが、とりあえずは誰に対しても「下」の立場という生活が始まったのです。

しかし社会においては、年齢だけではない、もっと様々な上下関係があるということを、やがて私は知ることとなります。だんだんと仕事らしきことを始めたわけですが、私がまず理解したのは、「お得意先は『上』なのだ」ということ。

広告代理店というのは、様々な企業から広告なりイベントなりの発注を受けて仕事をしています。発注元である企業は、受注先である広告代理店にとっては「お得意先」、洒落《しゃれ》て言うなら「クライアント」ということになるのです。

私はまず、社会人は企業名に敬称をつけることに驚きました。トヨタ（例）なら「トヨタさん」、花王《かおう》（例）なら「花王さん」と、上司達は仕事中は、絶対に得意先の企業名に「さん」をつけたものです。仕事から離れて、一消費者として物を買う時は呼び捨てにしていたけれど、仕事の時はどんな得意先もさん付け。その呼称を聞いて私はまず、「企業名って、呼び捨てにしちゃいけないんだ！」と驚いた。

なぜ得意先が偉いのかというと、得意先は仕事を「あげる」側であったからです。仕事を「あげる」側と「もらう」側では、いつでも「あげる」側が偉いということを、その時まで私は実感として知りませんでした。『気まぐれコンセプト』においては、クライアントの言うことなら何でも聞いて、接待に必死な白クマ広告社の社員を見てはいましたが、それはマンガの上だけのことだと思っていたのです。

しかし実際に社会に出てみたら、本当にクライアントは偉かったのでした。仕事をあげる側とは、すなわちお金を支払う側。お金を受け取る側としては、支払う側の意に添うように最大限の努力をしなくてはなりません。お金を受け取る側としては、仕事を少しでも喜んでもらうために、つまりは少しでも多くの仕事を受注するために、彼等の言うことを聞き、接待をしていたのです。

そして私は、三波春夫《みなみはるお》が言っていた、

「お客様は神様です」

という言葉の意味を、遅まきながら初めて理解したのでした。三波春夫はかつて大スターだったというが、そんなスターでさえ、お金を支払う側であるファンを仕事の発注者として捉《とら》え、彼等の意に添うように努力をしていたに違いない、と。

広告代理店というと、華やかでラクそうな仕事の印象を持っていたのですが、実際に入ってみると、そうではないことがすぐにわかった私。得意先に日参し、時には無理な言いつけも聞き、たとえ理不尽なことを言われても決してキレたりしない。得意先の若い社員からこっぴどく怒られている中年上司の姿など見ると、「出入りの業者って、つらいのね……」と思ったものでした。仕事では物の役にも立たなかった私も、得意先の若い男性からの「合コンがしたい」というご要望に応《こた》え、きれいどころを集めて合コンをセッティングしたこともありましたっけ。

しかし仕事の世界では、発注と受注とがぐるぐる循環しているわけで、広告代理店にとっては発注側の企業も、相手を変えれば受注の側に。またクライアントから仕事を発注される広告代理店は、今風に言うならアウトソーシングというのでしょうか、受注した仕事を他に発注することもあるのです。

得意先の言うことに右往左往している時は、「ああ、いつか発注元の立場として、言うことを聞いてもらう側になりたいものだ」と思いましたが、いざ業務を外部に発注してみると、それは想像していた立場とは違いました。こちらはぺいぺいの新入社員だというのに、受注側の方々は、ただ発注元であるというだけで、こちらのことを立てて下さる。受注側の皆さんの方が、年もキャリアも才能もうんと上であることはわかりきっていながら、こちらに敬語で接して下さり、私がトンチンカンなことを言っても否定せずに聞き入れて下さるのです。

そんな立場にいるのは、かなり気まずいものでした。「ああ、受注側の皆さんは、心の中で『なんだこのバカ女は』とか『発注側だからっていい気になりやがって』とか思っているのだろうなぁ」とビクビクしながら仕事をしなくてはならなかったのです。「これだったら、地を這《は》いながらでも、得意先の言うことにひたすら従っているだけの方がラクだ」と、思ったものでした。

昨今、刑事ドラマにおいて、事件を統括する立場の本庁の偉い刑事と所轄署の刑事が、ある事件を巡って対立する……といった展開をよく見ます。本庁の刑事は、若くてエリートで理詰めで捜査を進める切れ者。対して所轄の刑事は、定年間近の変わり者で、ひたすら泥臭い捜査をする、といった感じ。

ドラマにおいては、「上」である本庁の刑事は「悪」で、「下」である所轄署の刑事は「善」、という描かれ方をするものです。上と下の対立は、善と悪との対立でもあり、またエリートと庶民の対立でもある。もちろん視聴者は所轄署の老刑事に感情移入するわけで、善人刑事はエリート刑事から下に見られながらも、最終的には地道な捜査が実って、手柄をあげることになる（でも出世はしない）。

刑事の世界では、仕事を発注したり受注したりするわけではありませんが、しかし業務を管理する立場に若い者が立つことは、儒教文化圏の日本では、波風が立ちがちなことであり、だからこそその状況はドラマになるのです。若くして上の立場に立つということは、日本では「優秀だから」というよりは、「経験不足なのに制度上では上に立ち、情に欠けた管理をする」という見方をされる。そしてドラマにおいては、若き管理者は常に、官僚的で冷徹で柔軟性に欠ける物の見方しかできないのです。

刑事ドラマにおける本庁の若いエリートのように、理詰めで自信満々で仕事ができればまだよいのでしょうが、新入社員の私は、著しく理屈にも自信にも欠けるタイプでした。「こんな私ですいません」とおどおどしている若い女に管理される側もたまったものではなかったであろうと容易に想像がつき、その想像がさらに、私から自信を削いでいったのです。

大人になった今は、発注側が「上」で受注側が「下」というのは、「そういうことにしておいた方がわかりやすいから、そうしておきましょう」という、一種の取り決めであり、プレイのようなものであることがわかるのです。フラットな状態で何でも民主的に決めるより、上下の落差をつくっておいた方が、こと仕事に関してはスムーズに進むことがあるのですから。

大人達はそれを知っていて、仕事の場においてのみ、上の役割、下の役割を演じていたのだと思うのです。しかし、まだ蒸したての饅頭《まんじゅう》のようにほやほやと湯気をたてていた新入社員の私は、仕事上の「上」や「下」が、本当の「上」とか「下」かのように思ってしまった。

社会で仕事をする人達は、成長の過程で、「仕事上の『上』は本当の『上』ではない」ことに気づくのでしょう。刑事ドラマにおける本庁のエリートはそれにまだ気づいていない人で、所轄のベテラン刑事は、その辺の事情をよーくわかっている人。ベテラン刑事のような人の姿を見てハタと気づくことによって、人は社会人として成長していくのであり、私も会社員生活で出会ったベテラン刑事的な先輩方に対しては、今もお礼を言いたいような、恥ずかしくて逃げ出したいような、そんな気分なのです。

組織

結果的に言えば会社には三年しかいなかった私ですが、しかし三年間のうちに何となく感じたこともあって、それは「会社というのは、組織なのだ」ということなのでした。

当たり前だろう、という話ですが、最初の頃はその辺を全く理解していなかった私。大勢の人間を束ねていくために、様々な部署があり、平社員がいて管理職がいて、さらに上には役員がいて社長がいる……というピラミッド型を、会社員になって初めて実感したのです。

組織をコントロールするには、無理にでも上下関係をつけた方が、やりやすいようだということも、会社に入って知りました。組織としての統率力の有無が人命にそして国の存亡にもかかわってくる軍隊では、だからこそ階級がはっきりと決まっていて、「上官が言うことは絶対」という鉄則があるのでしょう。そして山下清画伯《やましたきよし》が、何か

というと、

「へへ、兵隊の位で言うとどのくらいなのかな？」

と質問したのも、何かを把握しようとする時、上下関係にあてはめて考えるのが最もわかりやすいからではないか。

会社というのも、どうやらプチ軍隊のようなものらしいのでした。私は新入社員時代、会社という軍隊で偉くなるのは、「仕事ができる人」だと思っていたのです。しばしばと仕事をこなす、那須与一《なすのよいち》のような一騎当千の武者がきっと出世するのだ、と。しかし社内を見ていると、必ずしもそうではないらしい、ということがわかってきました。つまり、「仕事ができる」以外にも、会社員として重視される能力は色々とあるらしいのです。

たとえば、「声が大きい人」。会社員にとって会議は重要な任務ですが、会議の時にとにかく大きな声で自分の意見を言う人がいると、その意見の内容如何《いかん》というより、声の大きさに圧倒されて、「こんなに堂々と言うことができるということは、この人は有能なのかも」と周囲に思わせるものです。軍隊で言うならば進軍ラッパを吹く係、そして勇ましい雄叫《おたけ》びで鼓舞するムードメーカー的存在と言えましょう。

「体力がある人」も、重要です。徹夜の作業や連日の激務でも音をあげず、また鬱《うつ》病

にもならず、

「おはようっス！」

などと明るく挨拶《あいさつ》ができる人も、組織の中では重要。誰かが倒れても即座にカバーするという、スーパーサブ的存在になることができるのです。

「怒る人」もまた、存在感を発揮します。昨今の組織においては、若者をちょっとでも厳しく指導するとすぐに会社に来なくなって辞めてしまうということで、上手に怒る人が少なくなっていますが、そんなことは気にせずガンガン怒るという鬼軍曹タイプもまた、重宝されるのです。

「仕事ができる人」は、若い頃はその切れ者っぷりが目立って、早めに出世するようです。が、さらに上まで行くかどうかは、わからない。仕事の能力だけでなく、キャプテンシーのようなものがさらなる出世には必要なのであり、そして仕事の能力とキャプテンシーは、必ずしも一人の人物の中に同居しているわけではないのです。

また、仕事ができる人は往々にして、敵も多いのでした。敵に足をすくわれた結果、いつの間にか「敵がいない」というだけが取り柄の人が出世していたりもする。

何せ三年しかいなかったので、私は会社の中で出世するとかしないとかといったことには全く興味を抱いていませんでした。軍隊に譬《たと》えるなら、従軍看護婦（昔の言い方でございますが）くらいの非当事者感で、組織を見ていたのだと思います。

その程度の感覚で組織に属していると、会社の中では実に複雑な上下関係が渦巻いているということが、よーく見えてくるのでした。たとえば、「出世なんてどうでもいいんです〜」みたいな顔をして働いている男性が、いざ自分以外の人が出世してしまうと、

「あんな無能な奴を出世させて、会社は全然わかってない！」

などと、口汚くののしり始めるのは、珍しいことではありません。それを見ている従軍看護婦達は、

「あの人って、実は出世欲バリバリだったんだ！」

とびっくりしたものです。

学歴下克上、という問題もありました。会社には東大を出た人もいましたが、東大卒の人が必ずしも優秀なわけではないし、出世をするわけでもなかった。もっと堅い会社においては東大卒の肩書きは意味があるのだと思いますが、美大卒から体育大卒までいる広告会社において、東大卒という肩書きはあまり重要視されなかったのです。

さらには、せっかく東大に入ったのに広告会社に入る人というのは、どこか変わってもいました。結果的に、

「東大の奴って、何か使えないよなー」

と、受験の時はとても東大に手が届かなかった人が、嬉《うれ》しそうに東大卒を下に見たりもしていて、「偏差値の恨みを、彼等は今、晴らしているのだなぁ」と、従軍看護婦は思ったことでした。

年功序列下克上、という問題もあります。会社の中には、若くして出世する人もいれば、年はとっても出世はしない、という人もいます。部下が年上だったり、部下が同期であったりというケースも、しばしばあるもの。

従軍看護婦時代は、年はとっても出世はしない、というタイプの人を見ていると、「可哀想に」と思ったものです。私もどこか、「組織というのは、上に行ってナンボなのではないか」と思っていたから。

しかし、組織というものから離れて久しい今になってみると、思います。出世戦線から早々に離脱していたあの人達は、実は幸せだったのではないか、と。

その手の人は、いつもデスクにいないか、いつもデスクにいるかのどちらかでした。いつもデスクにいない人は、ホワイトボードに得意先の名前を書いたまま、社外で好きなことをしている様子。また、いつもデスクにいる人は、じっくりと本や雑誌を読んでいる風。ベテラン従軍看護婦ならぬ先輩女子社員から、

「あの人、趣味の昆虫採集の世界では、ひとかどの人物として通っているらしい」

といった噂を聞くとやはりその通りで、定年が近くなってくるとサラリと早期退職をして、虫達の世界に羽ばたいていったのです。

そんな姿を見ていると、会社という組織で少しばかり「上」に行くことに、果たしてそれほど大きな意味があるのか、と思えてきたものです。社長くらいまで上りつめれば、見えてくる世界も違ってこようかと思いますが、必死に働いて部長くらいで出世も行き詰まり、定年後はぼーっとして暮らすのと、会社員としてはパッとせずとも、他の世界で生きる道をしっかり用意しておくのとどちらがいいのか、と。

しかし多くの場合、男性達は組織に入ったならば上を目指すという習性を持っているようでした。そんな彼等は、何事も戦争とか武士の世界に譬えるのが大好きで、

「今度の競合プレゼンに負けたら、腹を斬《き》るつもりでやります」

とか、

「明日が天王山《てんのうざん》だ！」

などと、生き生きと戦争ごっこを楽しんでいたものです。

その時代は、まだ「女と出世」という問題は、あまり考えられていませんでした。働く女性は増えていたものの、組織の中で頭角を現すまでには至っていなかった。だ

からこそ私は、総合職として入社していながら、従軍看護婦気分でいたのです。

しかし私が会社を辞めて以降、時代は変化を続けました。結婚しても子供を産んでも仕事を続ける女性が増え、また会社の制度も整備された今では、同期の女子が部長になっていたりしているではありませんか。「おお、あの戦争好きな男性達の中で、女性として出世するのは大変なことだろうなぁ」と、私としては思う。

男性の側も、事情は変化しているようです。昔は、組織に入ったならとりあえずは上を目指すのが当然でしたが、「別に出世とかしたくないですし～」と、最初から本気で思っている男性が増えてきている模様。当然、その手の若者達は、仕事をしながら「討ち死にも覚悟で」とか「こうなったら兵糧攻めだ」みたいな言葉も、使わない。

今、私の同期達が会社においては働き盛り、かつ「今後の会社員人生、どうなるのか」という分かれ道に来ているようです。彼等の今の役職を聞くと、「ああ、彼はこの先もどんどん出世するのだろうな」とか、「彼はもう打ち止めという感じか」と予想がついて、「新入社員の時は横一線だったのに」と、もの悲しい気分になったりする。

それにしても従軍看護婦を三年やっただけの私に対して、彼等は上だの下だの勝ったの負けたのといった世界で、二十年も生きてきたのです。ついでに言うなら毎日、

出勤しては家に帰るという生活を継続してきた。かつての従軍看護婦時代の気分が少しだけ残っている私としては、

「みんな、よく頑張っているね、偉い偉い」

と、平等に包帯を巻いてあげたくなるのです。

そんな彼等も、あと十数年すれば皆、定年。そうなったら、会社員時代の少しの役職の違いなど、ほとんど意味をなさなくなるのだと思います。「会社員としての地位など、砂上の楼閣のようなものなのだからして、ま、身体を壊さないように頑張れや〜」と、かつての戦友（という言葉も、今時の出世欲ナシの若者は使いませんよね……）に、私は心の中で声をかけているのでした。

素人・玄人

社会人になってから、ごくたまに「女性がいる店」に行く機会がありました。女性がいる店とはつまり、美しい服を着た美しい女性がお客さんについてくれて、おしゃべりの相手や飲酒のお世話をしてくれるタイプの、お店。上司が「ま、社会勉強ということで」というノリで連れていってくれたわけですが、その時に私は、やたらと居心地が悪かったことを覚えています。

その手のお店では、特に一流の店であればあるほど、サービスする側の「女性」は、女性客に優しいのです。女性客に対して冷たい態度などとろうものならどれほど印象が悪いか、彼女達は熟知している。女性客が来たならば、男性客に対して以上にサービスを良くしなくてはならないというのは、その手のお商売における鉄則でしょう。

しかしお店の「女性」が優しければ優しいほど、私は居心地が悪くなりました。男性客と、女性としてのプロであるホステスさんとで成立している空間に、本来そこにいるべきではない素人《しろうと》女が入り込むことによって場のバランスが崩れ、女性達に余計な気を遣わせていることが、ひしひしと伝わってきたから。

　後年、私は大阪の飛田新地《とびたしんち》という場所を見学する機会がありました。ここは、日本の飾り窓地帯とでも言うべき場所。独特のつくりの家がずらりと並び、一階では「女の子」達が強いピンクのライトを当てられて座っていて、横には遣《や》り手おばさま（丁寧に言ってみました）が控えている。男性客は、徒歩あるいは車でうろうろしつつ、どの女の子にしようか品定め……という光景が広がっています。

　私は夜にこの地を歩いてみたのですが、針のむしろ気分とは、あのことを言うのでしょう。一応、連れの男性はいたものの、素人女以外の何ものでもない私は、その場所では明らかな異物。横目で女の子達を眺めつつコソコソ歩いていると、遣り手おばさまから厳しい声で、

「見せ物と違うでぇ！」

　と吐き捨てるように言われたりしましたっけ。

　私はその時、男と女の真剣勝負の場でありつつ、シビアな経済活動の場である地帯を、確かに見せ物見物気分で歩いていました。ピンクのライトを浴びている女の子達も、おそらくは好きこのんでその手のお商売をしているわけではない。需要と供給の

マッチングがこっそりと行われている場に、需給関係の埒外《らちがい》にいる素人女が面白半分で入り込んでいるルール違反に、遣り手おばさまは怒ったのです。

それでも「せっかく来たからには」と見るものだけはしっかりと見て、その地を去る時に私は思いました。「私が、『女性がいる店』において感じた居心地の悪さというのは、今私がここで感じている針のむしろ感を、うんと希釈したものではあるまいか」と。

銀座《ぎんざ》の高級クラブの女性と、飛田新地の女性との共通点。それは、女性性を売るプロであるというところです。飛田新地と一緒にしないでくれ、と銀座女性は憤るかとは思います。が、大きく言ってしまえば、彼女達は「女であること」によって食べている人達、すなわち女性としての玄人《くろうと》、なのです。

女性性を売る商売は、一般的な商品やサービスを売る仕事とは、一線を画して見られがちです。女性性を売ることもサービス業の一環ではあるわけですが、サービスの源となるものが、特殊な技術などではなく、女なら誰しもが持っている女性性であるというところが、特別視の理由なのでしょう。

女性性を売る人達の中には、素人ではとてもできないような超絶テクニックを持つプロがいるということも聞いたことはありますが、それでも女性性を売るという仕事は、サービス技術を正当に評価されないところがある。

そして我々素人女は、「職業に貴賤《きせん》なし」という言葉を知っていながらも、玄人女をどこかで下に見ているのです。そして玄人女もまた、素人女を下に見ているところがあり、両者の間には確実に溝がある。

通常、玄人女性と素人女性は全く別の世界に生きているので顔を合わせないことになっています。しかし何かの間違いで両者が相見《あいまみ》えた時、そこにあまり爽《さわ》やかではない雰囲気が漂うのは、互いに相手のことを下に見ているからなのでしょう。

素人女は、玄人女性のことを「可哀想だ」と思っています。素人女は玄人女の世界のことを全く知らず、「自分が生きている道こそまっとう」と思っているため、それが銀座の一流ホステスであれちょんの間で働く女性であれ、玄人の人々を全て、「苦界に身を落とした人」として見るきらいがある。

哀れみを抱く一方で、素人女は玄人女に対して、底知れぬ恐怖心も感じているのでした。玄人女は、女性性を特別に肥大化させた生き物です。彼女達は仕事のために、男性が望む通りの女性性を養い、身につけている。

その存在は、素人女にとっては脅威です。時には男性と敵対したり押しのけたりして生きていかなくてはならない素人女は、「対男性戦略にのみ特化して生きている玄人女に、男をかっさらわれるのではないか」という恐れを抱いている。

相手のことを下に見つつも、脅威を感じてもいるからこそ、素人女は玄人女の前では居心地が悪いのでした。「玄人さんの境遇に同情しているのがバレてしまうのではないか」「偉そうに見えるのではないか」と思うと同時に「本来、素人女のものである素人男を、この人達は奪おうとしているのではないか」といった疑念も、そこに渦巻くのですから。

玄人女が素人女を下に見るのも、簡単なことです。何せ玄人女性はプロですので、女としての美しさや気遣いは、素人の比ではありません。女としての武器をたくさん持っている玄人女からしたら、素人女など丸腰も同然。「ションベンくさいわ〜」と思っているに違いない。

しかし昨今、素人女と玄人女の境目が、はっきりしなくなってきました。かつて素人女と玄人女の間には、明確な一線が引かれていたもの。それが今、玄人女はプロとして女性性を売るのではなく、「素人っぽい」部分を売り物にするようになってきたのです。

素人女の方は、反対に玄人っぽくなってきました。素人だてらに、玄人女のようなファッションやメイクをしてみたり、やたらと手練手管に長《た》けていたり。

キャバクラという業態の隆盛を見るようになって以降、玄人女の素人化および素人女の玄人化は、進行したのだと思われます。キャバクラという語感からは、当初風俗の一種かという誤解も生じましたが、キャバクラは風俗ではなく、単なる「女の子がいる店」。キャバクラ嬢達は、銀座のクラブのホステスさんよりグッとライトでカジュアルなのであり、より簡単に「エッチできるかも」という幻想を殿方に抱かせることができるのです。

かつてキャバクラに行ったことがあるのですが、そこでは銀座のクラブよりずっと気楽に過ごすことができたのでした。キャバクラ嬢達は、客に対して気を遣いません。かえって客側の方が気を遣って話題が途切れないようにしているくらいで、女性客が行っても、キャバクラ嬢は「女性客には特に親切にしなくては」みたいなことは全く考えていない。だからこそ女の客も、ラクに過ごせるのです。

それは、世代差というものなのでしょう。かつてランパブ隆盛の時に、やはり「後学のため」と行ってみたことがあるのですが、ランパブ嬢達もまた、あっけらかんとしたものでした。そのランパブでは、定期的に女の子達がトップレスになるサービスタイムがあったのですが、そんな時間の時ですら、

「アタシ、勉強嫌いだからこんなことしかできないっすよ〜、でも風俗は嫌だからお

っぱい揉《も》まれるのが限界」

などと、明るく説明してくれた。

もう少し世代が上のストリッパーさんだと、脱ぐという行為に対して、もっと理屈づけをするはずです。崇高な理想や高い目的があるからこそ私は裸になるのであって、決して何となくしていることではない、とすることによって、彼女達は世間からの「下に見る視線」から、自らを守っている。

対して、あっけらかんと玄人女業をしている昨今の女の子達は、立場的には玄人であっても、精神的には玄人ではないのでしょう。素人気分のまま玄人っぽいことをしているから、素人からの特殊な視線に気づかずにいることができる。

女性性を売る仕事に対する偏見が、次第に減ってきたと言うこともできます。若い女性のなりたい職業の上位にキャバクラ嬢がランクインしたというデータがありましたが、それはつまりキャバクラ嬢という職業を特別視しない世代が存在しているということ。トリマーは犬に、介護職はお年寄りにサービスする仕事、というのと同じ感覚で、キャバクラ嬢は「男性に優しくしてあげる職業」として認識されているのか。

女性性を売る仕事につく女性に対して、つい「自分とは違う人達」と思いがちな古い世代の私は、その手の人達に会うと居心地が悪くなる自分に対して、嫌ーな感じを抱いていました。「私は自分の女性性を売ったことなどありません」という上から目線が、そこには確実にあったのだから。

そんな視線を昨今の若者は持っていないのだとしたら、すごいことであると私は思います。少なくともその人達は、職業で人を見るような、凝り固まった先入観は持っていないのです。

「新婦は高校卒業後、六本木のキャバクラ『○○』で三年間、ナンバーワンキャバクラ嬢として君臨された、まさに嬢王……」

などと、結婚披露宴で堂々とプロフィールが読み上げられる日が来るのか。若者達がどこまで先入観を崩してくれるのかが、楽しみなところです。

結婚

初めて友達の結婚式に出たのは、まだ大学生の頃でした。その友達は、特にヤンキーでもなかったものの同級生の中でも特別早く結婚し、皆をびっくりさせたのです。その時、結婚パーティーにおいて私が覚えたのは、「イベント感」でした。友人が何か特殊なことをやらかした！　と興奮し、ウェディングドレスはコスプレに見えたものです。

つまり高校を卒業してまだ数年しか経っていない私は、結婚や花嫁に対して「いいなぁ」とか「私もいつかは」という意識を全く覚えなかったのです。驚くべきことにその感覚は、その後も延々と続くことになるわけですが。

日本史上最も晩婚といえる、我々の世代。中でも東京は突出した晩婚地域ですので、最初に結婚したその友人以外、二十代前半で結婚した友達は全くいませんでした。二十七歳くらいでようやく、結婚する人が出てくるようになったのです。

ですから私の中で、二十代後半で結婚した友人達は、早婚の部類。結婚式に出席すると、やっぱりイベント感しか覚えず、「いいなぁ」という憧《あこが》れや、「そろそろ私も」という焦りが、全く芽生えませんでした。それよりも「何故結婚などする気になったのだろう？」「よくやるなぁ」と、結婚する友人をびっくりしながら眺めていたものです。

今思えば、その感覚こそが敗因でした。晩婚化・少子化が進むところまで進み、「普通に生きているだけでは結婚などできない。結婚したいなら、努力しなくては」という意識が浸透した今、女性達はごく若いうちから結婚に向けての諸活動を行いますが、私達はそのことに全く気づいていなかった。

私達の世代は、学生時代から付き合っている人がいても、社会人になると「広い世界でもっと素敵な出会いがあるに違いない！」などと思い、糟糠《そうこう》の彼と別れてしまいがちでした。が、「広い世界での素敵な出会い」が不倫だったりして、婚期を遅らせる人も多かった。

対して今の若い女性達は、「売れ残るのは絶対に嫌」と、学生時代から付き合っていた彼と、社会人になったならなるべく早く結婚しようとします。条件的に悪くない男性は、ごく若いうちから飛ぶように売れていくのです。

今の若い女性達にそのような意識を植え付けたのは、他ならぬ我々でしょう。「もっと素敵な男性がいるのでは」「もっと楽しいことがあるのでは」などとふらふらしているうち年をとり、突然焦り始める我々を見て、若い世代は「ああはなりたくない」と思ったわけです。我々を見て若者達が結婚への意識を高めたとしたら、我々も時代の捨て石ということで、少しは世のお役に立っているのかも……。

と、後の世がそんなことになるとはつゆ知らず、私は結婚など夢にも考えず、二十代を過ごしておりました。二十代後半で結婚した、すなわち仲間うちでは早婚の部類に入る友人達は、三十歳前後になると、小さい子供を抱えてとても大変そうでした。ろくに寝ることもできず、髪振り乱して子育てしている様子。

今となっては、子育てがいかに崇高で意味ある仕事かを、私は十分に理解していま す。大変ではあるけれど、他では得ることのできない喜びが伴うことも、知っている。

しかしその時、自由な時間もなく、お洒落《しやれ》もできず、目の下にクマを作りながら子育てをする友人達を見て、私は思ってしまったのです。「可哀想に」、と。子供を産んでしまったこの人達は、子育てという檻《おり》の中からもう出ることはできないのだ。それに比べて私は何て自由なのかしら。ああ有り難い……とも、思ってしまった。

子供を産んだ友人達は、独身生活を送る私達を見て、羨《うらや》んでいました。

「いいなぁ、きれいな恰好《かっこう》ができて」

「いいなぁ、自由に遊べて」

とつぶやく彼女達の瞳《ひとみ》には、絶望しか見て取ることができなかった私。

彼女達も、子を産むまでは自由に遊ぶ身であったわけで、だからこそ「いいなぁ」と思ったのでしょう。そして私達は、子育て地獄（に、その時は思えた）にどっぷりはまる彼女達を見て、「ああはなりたくない」と思いました。その時の私は、子供を産んだ人達のことを、確実に下に見ていたのです。

今、状況は全く変わってきています。出生率も底を打ってからは、子供はかえって貴重品となり、「持っていると自慢できるもの」となりました。女性誌を見ていると、子供という存在がアクセサリーのように扱われており、「地を這《は》うような苦行」と思われていた子育てが、お洒落イメージに変身してもいる。一方、「子育てという作業は、もうとんでもなく大変なことなのだ」という意識も世に浸透し、お母さん達は以前よりうんと褒めてもらえるようになったし、可哀想がってもらえるようにもなりました。

しかし当時の私は、やはり後の世がそんな風になることなど知りもせず、「ああはなりたくない」という気持ちのまま、漫然と独身生活を送っていたわけです。そんな私がハタと目覚めたのは、間もなく三十五歳を迎えようかという時。「三十五歳か……。てことは、四捨五入すると四十歳？　うわっ、すごい！」と、自分の年齢にびっくりしてしまった。そして「その上、結婚もしていなければ子供もいないって、どうなのだ？」と、時すでに遅しの感はありますが、急に自分の状況がはっきりと見えてきたのです。

その結果として書いた本が、『負け犬の遠吠《とおぼ》え』。「独身生活が楽しいとか充実しているとか、どれほど語ったところで、世間様から見たら負け犬の遠吠えでしかないのであるなぁ」という、日々の実感を記したものです。

本のことを評して下さる方の中には、「著者は、『負けるが勝ち』ということを言っているのだ」とか、「私はこんな充実した独身生活を送っているのだ！　という自慢をしているのでは？」という、思いやりに溢《あふ》れたコメントを下さる方もいました。

が、それは誤解なのです。確かに三十代前半までは、子育て地獄にいる友人達を「よかった、あんな生活じゃなくて」と思って見ていました。しかし、四十代が視界に入った時に結婚すらしていない自分を冷静に見て、「あっ、私は周囲から哀れまれている」ということが、はっきりと自覚できた。それはまさに敗北感以外の何物でもなく、「負けるが勝ち」などという発想は露ほどもありません。

かつて子育てで死にそうな顔をしていた友人達も、子供が小学校に入ると次第に余裕が出てきたらしく、いつのまにか目の下のクマは消えています。仕事を再開して、結婚も子供もキャリアも、とバリバリ頑張っている人も。そんな友達から、

「酒井は結婚しないの？　そろそろ子供のこととか、考えた方がいいよ。やっぱり子供って、すっごく可愛いもの」

などと言われると、「数年前は、私が彼女のことを『可哀想』と思っていたが、今や立場は逆に！」と実感。そうか、子育て地獄っていつまでも続くものではなかったのね。

そういえば『徒然草《つれづれぐさ》』の中には、子供を持たない人に対して、子煩悩らしき田舎者の武士が、

「ということは、情ってものをご存知ないんだねぇ、薄情なお心かと思うと、恐ろしいようだ。子供がいてこそ、情というのは身に沁《し》みるんだけどねぇ」

と言ったという記述があります。生涯、結婚もせず子も持たなかった吉田兼好《よしだけんこう》は、

「関東の田舎者でも、子を持つとちょっとはまともなことを思うんだね」と、この期に及んで上から目線で考えている。

兼好は出家の身でしたので「子など持たない方がいいのだ」と自信をもって思うこ

とができましたが、しかし私は在家の女。兼好ほど堂々とはしていられません。

自分が「可哀想な人」の立場になると、下手に「私はこれでいいのです」と強がらない方がいいことが、わかってきました。結婚はしていないし子供もいないけれど、仕事でこんなに頑張っているとか、楽しい遊びのスケジュールもたくさん、などといくら言っても、痛々しいだけ。キャンキャン吠えたてるよりも「ええ、そうなんです。私って可哀想でしょう？」と腹を見せる方がラクである上に、周囲も優しくしてくれるではありませんか。

「結婚は、勝ちとか負けとかいった問題ではないのです」

とおっしゃる方も、いました。もちろんそれは、ごもっとも。しかしその頃の我々の心理には、「負け」という言葉がぴったりだったのです。優しい夫と可愛い子供に比べたら、少しばかりのキャリアも流行の服も何だというのだ、と。

それから時が経ち、私は今も独身生活を続けております。今となってみると、三十代というのは負け犬と勝ち犬の距離が最も離れていた時期であったことがわかるのでした。あの頃は、互いに自己の存在を正当化しようと、必死に突っ張っていたものです。

四十代にもなると、既婚者も子離れが進んだり、また子供が反抗期であったりオタクになったりと、「子供は自分の思い通りにはならないものなのだ」ということを知る時期に。対して独身者は、子育てという苦行を乗り越えてきた既婚者に、素直に尊敬の念を抱くように。……ということで、既婚者と独身者が、「いや本当に、勝ちとか負けとかじゃないわねぇ」と、再び歩み寄ってくるのです。

この先も、互いに「勝ち」とか「負け」といった単語が脳裏をかすめる瞬間は、あることでしょう。孫を抱く元勝ち犬を見て、私達独身者は確実に歯がみをするでしょうし、はたまた嫁とそりが合わない元勝ち犬に対しては「私はそんな目に遭わなくてよかったわぁ」と我々が思ったりするに違いない。

しかしそんな中でも、「とはいえ人間、結局は一人なのだわね」ということを嚙《か》み締め合う時は、確実にやってくるのです。

「あの頃は、勝ちとか負けとか言っていたものじゃった……」

「若かったのぅ……」

と、すっかりシワだらけになった友と語り合う日のことが、今から楽しみでなりません。……いや本当に、これは負け惜しみじゃなくって。

身長

小学生の頃は、クラスの中でいつも、身長が前から数えて三番か四番目くらいでした。それは、私にとって大きなコンプレックス。体育の時間、児童達は背の順に並ぶわけですが、二列に並んで「前へならえ」をする時に、「手を腰」をしないですむ背の順になるよう、身長測定の日は緊張して臨んだものです。

中学になって身長が伸び、クラスでも真ん中くらいになった時は、ですから心底ホッとしたものでした。「もうこれで私は、ちっちゃい人ではない。普通の人になれたのだ……」と。

昨今、「上から目線」という言葉が流行《はや》っています。それはまさに、上から物を言うような偉そうな態度や口ぶりに対して言われるフレーズであるわけですが、最も物理的に「上から目線」を投げかけるのは、身長が高い人です。低身長の苦悩を知っている者からすると、身長が高い人というのは、どこかでその「身長が高い自分」を特別視しているきらいがある。まさに上から、低身長の人達の脳天を見下ろしているのであり、低身長差別というのは、数ある差別の中でも最も基本となるものなのではないか。

考えてみれば、ごく小さな子供を体育の授業の時に身長順に並べるというのは、非常に残酷な行為です。背の低い子を前に、高い子を後ろにすることによって見通しを良くする狙いがあるのだと思いますが、それならば縦列ではなく横列にすればいいのではないか。常に前の方に並ぶ「小さい子」達は、ただでさえ小さいことを気にしているのに、前に行かされることによって、いやが上にも小さいことを再認識せざるを得ません。

背の低い子供というのは、つまり肉体的な成長が遅い子供であるわけですが、他の教科で「成長の遅い順」に席を決める授業がありましょうか。小学校において、成績の悪い順に前から座らされたら、親御さんの間で問題視されるのではないか。

肉体的な成長の早い子、すなわち背の高い子達は態度も大人っぽく、体育の授業においても先生の目が届かない後ろの方で、おしゃべりしながらニヤニヤしたりしているのです。前の方で常に先生の視線にさらされていた私は、どれほど「大きい子」達の立場に憧《あこが》れたことでしょう。

私達はこのようにして、ごく小さいうちから、「身長は、大きい方がいいらしい」ということを、体感していくのでした。なぜ大きい方がいいのかは、考えてみるとよくわからないのです。しかし、身長が高い人と低い人が一緒に立っていると、高い人の方がそれだけで優位性を感じることができる。「身長は、高い方がいい」という価値観は、「何事も、小さいよりは大きい方がいい。ただし顔以外」という価値観に通じていきます。

男性は、女性よりもそのことをグッと痛感しているのでしょう。人類という生物の特徴上、女の方が男よりも小さいということになっているので、女性の場合は、「男より小さい」ことが価値になる場合があります。だからこそ、身長が高いのが恥ずかしいと猫背気味になってしまう女性も、中にはいる。また、身長が低いせいで可愛らしく見えるという特性を利用して、

「私が何を言っても、そうキツく聞こえないでしょう？」

と、歯に衣《きぬ》着せぬ物言いになったり、尋常でなく強気になったりする女性も、いるのです。

対して男性の場合は、低身長であるが故に得をするというケースはほとんどなく、競馬の騎手くらいか。「背が高い男の子が好き」と言う女性は多くても、「背が低い男

の子にグッとくる」と言う人はほとんどいないものです。

　昔、ある先輩女性から、

「チビ、デブ、ハゲ。この三人の男性がいたら、絶対に揶揄《やゆ》してはいけない人は、チビなのよ」

　と、忠告を受けたことがあります。

「デブは痩《や》せられるし、ハゲは隠せる。でもチビだけはどうしようもないのだから、相手の気持ちを深く傷つけることになるの」

と。

　電車の中で必要以上に股《また》を広げて座っているのは、そういえば低身長の男性が多い気が。ボディビルに励んでいるのも、低身長の男性が目立つもの（三島由紀夫《みしまゆきお》もそうだった……）。低身長の男性は、低身長の不利さを痛感しているからこそ、少しでも大きく見せる努力をするのかもしれません。低身長は、決して本人が望んだことではない。だというのに、どんな努力をしても背は伸びないわけで、それは天から与えられた宿命です。

　身長が低いということは、日本人全体の悩みでもあるのでした。戦争を知っている人達は、終戦後、マッカーサーと昭和天皇が会見した時に撮った写真を見て、「負けた」と強く思ったのだそうです。マッカーサーはノーネクタイでリラックスした態度であるのに対して、天皇はモーニングを着て直立不動、ということからして敗北感は濃厚ですが、なによりも最も大きな違いは、その身長。マッカーサーと昭和天皇は、頭一つ分ほども身長が違うわけで、「負けるわな……、負けたんだな……」と、思わずにはいられまい。

アメリカ人の方が、日本人よりも身長が高い。そして身長の高いアメリカは、身長の低い日本に戦争で勝った。だからこそその後の日本では、さらなる高身長への憧れが募るようになったのか？　もしも低身長の日本が高身長のアメリカに勝っていたら、「低身長すばらしい」という価値観が、アメリカにそして世界に広がったのであろうか……？

戦争を知らない我々は、サミットすなわち主要先進国首脳会議の映像をニュースで見る度に、低身長国の悲哀を味わうことになりました。昭和時代の、大平正芳《おおひらまさよし》、竹下《たけした》登《のぼる》、といった元首相達は、やはり他国の首脳と比べると、うんと低身長だったものです。他国の首脳を見上げながら談笑せねばならない、我が国の首相。ソファに座れば、「足が下に届くかしら」と心配になる、我が国の首相。自国の首相が物理的に「小さい、それも圧倒的に」という事実をサミットの映像で見せられ、日本人は高身長への渇望を、さらに強くしていきます。

そんな中で中曾根康弘《なかそねやすひろ》だけは、サミット首脳陣の中にいても、恥ずかしくて目をそらしたくならない首相でした。中曾根さんは、身長一七八センチ。レーガンさんから見下ろされることなく、視線を合わせることができました。サミットが始まって以来、小泉純一郎《こいずみじゅんいちろう》の六回連続に次ぐ、五回連続サミット参加という記録を持っている中曾根さんですが、それは彼の高身長と無関係ではないのかも。

ちなみに中曾根さん以降、中曾根さんよりも高身長の首相は、日本から出ていません。と言うより、歴代の首相の中で中曾根さんより身長が高いのは、大隈重信《おおくましげのぶ》（一八〇センチあったらしい。しかしこの時代の人の身長というのは、ほとんど神話に近いのかも……）ただ一人のみ。

アメリカでは、大統領候補二人のうち、身長が高い人が勝つ確率が高いのだと言います。アメリカ人はそれだけ「大きいことは良いことだ」と思っているのでしょうし、また大きい人を国のトップに戴《いただ》くことが重要だとも思っているのでしょう。

対して日本の政界において、大きいことはあまり重視されないようです。歴代最も身長が高い首相がいまだに大隈重信というのは、そのことを示しているのではないか。

ちなみに現・野田佳彦《のだよしひこ》首相（二〇一二年当時。なつかしい……）は、一七三センチだとのこと。日本人としてはごく普通の身長ですが、外国に出たらやはり小さいのです。日本人の場合は、高身長への憧憬《どうけい》が強いあまり、低身長をバネにしてクソ意地を発揮する、という仕組みで今まで頑張ってきたのでしょう。サミットをはじめとする国際的な場においては、「日本人ってちんちくりんだなぁ」と油断させておいて足をすくう、といった戦術も使われたのかもしれない。

スポーツの試合においても、我々は自らの低身長のことを忘れることは許されません。全日本バレーボールのチームを見れば、日本人の中では大きな人達が揃っているものの、世界の舞台ではもっと巨大な人がぞろぞろと。バレーボールのみならず、スポーツの世界では大きい体軀《たいく》が有利に働くことが多いわけで、どんなスポーツの日本代表チームであっても、「体格で劣る」ことになる。

そんな日本チームはたいてい、体格の劣りをスピードと根性でカバーすることになっています。すばしこい動きができる敏捷性《びんしょう》、さらにはそれを延々と続ける持久力が、あらゆるスポーツで日本人には求められている。が、諸外国の高身長チームに対抗し得たのは、東洋の魔女となでしこジャパンくらいなのではないか。

低身長国・日本に生きる我々にとって、「低身長でどう高身長に対抗するか」は、死ぬまで考え続けなくてはならない宿命です。私達は、大きな人達のことを、「うどの大木」とか「総身に知恵がまわりかね」などと言って、「高身長はかえって良くない」ということにしたがります。反対に「山椒《さんしょう》は小粒でもぴりりと辛い」のだ、と信じる努力をし、「○○の牛若丸《うしわかまる》」といった美称もあるのです（しかし牛若丸は別に低身長の大人であったわけではなく、単に子供であったのだが）。

相撲では、小兵力士が巨大な力士に勝つと、観客が大喜びするものです。が、必死に頑張ってそんなことばかり続けていると、小さな力士の身体はぼろぼろになってしまう。日本人全体にもそのことは言えるような気がするのであって、「フットワーク」や「根性」をもって「大きさ」に対抗し続けていると、日本という国自体が疲弊するような気がする私。アメリカに負けて、ますます「大きさ」に憧《あこが》れ、「大きさ」に勝とうとする日本人であるわけですが、対抗する相手を「大きさ」でなくしてしまえばもっとラクになるのになぁと、低身長に悩んでいた頃のことを回想すると、思えてくるのでした。

敬語

アメリカに長く住む友人が、

「日本人はどうして、年齢を気にするのかしらね。アメリカでは他人が何歳かなんて誰も気にしないし、訊《たず》ねもしないけどね」

と言っていました。

年齢を気にしないで日々を過ごすというのは確かに素晴らしいことかと思いますが、日本ではその点においてはこの先もほぼ確実に、アメリカナイズはされないことでしょう。我が国に敬語というものがある限り、我々は他人の年齢を、そして彼と我との年齢差を気にせずにはいられないのですから。

儒教文化圏においては、人が二人いたならば、とりあえずどちらが上かを決めておくという暗黙のルールがあります。それは別に、支配・被支配の関係を築くわけではありません。上下関係を最初に決めておいた方が、何かと事が進みやすいことからの、

「先に生まれた人の方が、上」というルール。下の者は上の者に対して敬語を使用することによって、「私はあなたより下です」ということを示します。

日本よりもっとガッチリした儒教文化を維持する韓国では、敬語の使い方も日本より厳しい様子。韓流《ハンりゅう》ファンに聞いたところによると、BIGBANGのメンバー達は、ライブ中であっても、年下は年上に対してきちんとした敬語を使用しているのだそうです。

英語では、丁寧な言い方というものはあっても、韓国や日本のようにきっちりした敬語は無いようです。年上の人に対しても、その人と親しくさえあれば、名前を呼び捨てでも全く構わないという言語的には平等な文化を見ていると、時に羨《うらや》ましくもなるものです。

韓国ほどではないにせよ、日本では今も、目上と目下の区別はつけられています。学校では、後輩は先輩に対して敬語を使うし、後輩から「ジュンコー」などと名前を呼び捨てにされるなど、あり得ない。特に中学生の部活の上下関係は厳しく、「〇〇先輩！」と呼ばなくてはならないわけです。

大人になっても、相手の年齢がわからない時点では、とりあえず互いに敬語。どちらかが年上だとわかったら、やっと年上がタメ口で話すようになるのです（男女の場合は、セックスが成立した瞬間からタメ口、という場合が多い)。

年齢を気にしないアメリカ人はきっと、この「タメ口」という言葉の意味が、理解できないことでしょう。彼等にとってはタメ口が当たり前なのであって、わざわざ名称がつくようなものではない。

タメ口の「タメ」とは、もともと博打《ばくち》用語で「ゾロ目」のことを言ったのだそうです。それがチンピラ・不良系の人々の間で「五分五分」という意味で使われだし、普通の人々にも広がった、と。

私がティーンの時には、既にタメ口という言葉は中高生の口に膾炙《かいしゃ》しておりましたが、父親などは「タメ口」という言葉の意味を知らなかったものです。私は、「じゃあ、父親世代はタメ口のことを何て言っていたんだろ?」と不思議に思ったのですが、おそらく父親世代において、タメ口という単語は必要無かったから、存在しなかったのです。

「タメ口」は、たとえば年下の者が年上の者に対してぞんざいな話し方をした時、

「タメ口きいてんじゃねぇよ」

とか、

「あいつタメ口かよ」

といった使い方をされます。つまりそれは、目下の者の無礼な言葉遣いを非難する時に使われがちな言葉。

想像するに父親の世代は、このような口語における下克上がなかったのではないかと思うのです。目上の人に対して敬語以外で話すという発想自体が存在しなかったからこそ、タメ口という言葉も必要無かったのではないか。

確かに、昔に比べたら日本人の敬語はユルくなってきているのだとは思います。「サザエさん」を見ると、フネは波平《なみへい》に対して敬語を使用していますが、サザエはマスオに対してタメ口。波平・フネ夫妻の感覚は、今で言うなら八十代以上の夫婦の感覚でしょう。「お父さんが一番偉い」「お父さんを立てる」という気持ちが、態度にも言葉にもあらわれたのは、その世代までなのではないか。彼等の時代までは、「男の方が女よりも明らかに偉い」ということになっていたのです。

フネの娘であるサザエは、母とは違い、夫に敬語を使用しません。その上、夫を自分の実家に引き入れるという、まるで母系家族のような招婿婚《しょうせいこん》。フネ世代とサザエ世代の間には、大きな社会的変化があったのです。

男女間のみならず、年齢差がある者の間での敬語使用も、厳密ではなくなってきました。「タメ口」という言葉が無かった時代の人々は、たとえば親子間でも敬語でした。また、学校の先生に対して生徒がタメ口をきくことも、無かった。

しかし、次第に親子間もタメ口となり、学校でも、フレンドリーな性格の人、もしくは不良少年などは、教師に対してタメ口をきくように。ドラマ「3年B組金八《きんぱち》先生」においては、不良生徒から始まった、

「金八っつぁんよー」

といった言葉遣いが、次第に一般生徒にも広まっていく様を見ることができたものです。

このように、少しずつ日本人の敬語は、崩壊しつつあるのです。では、いつか日本人の敬語が消滅し、アメリカ人のように年の差関係なくファーストネームで呼び合うようになるのかと言ったら、そのメは無いのではないかと私は思う。

たとえば私は、先日あるお店で洋服を買い、かさばったので家に配送してもらったのです。届いた服には、応対してくれた店員さんからの手書きのカードが添えられていたのですが、その文面は、「お買い上げのニット、酒井サマにとってもお似合いでした♡　この秋冬、大活躍すると思います（笑）」というもの。

これを見た私は、脱力するわけです。その店員さんは若かったけれど、ギャル向け服というわけでなく、特に安いわけでもない大人向けの店。だからこそ私は、「この

『サマ』ってのは何なんだ、『♡』は？『(笑)』は？」と、赤ペンで直して返送したくなった。

大人の私は、「サマ」や「(笑)」に、「敬意を表されていない感じ」を受けるのです。つまり私は、「客は、店員さんから敬意を受けて当然」と思っており、だからこそ「サマ」や「(笑)」に、「馬鹿にしてんのか」と思ってしまう。

店員さんとしては、親しみを込める意味で書いた「サマ」であり「(笑)」なのでしょう。携帯メールを子供の頃から使用している人達は、絵文字や(笑)といった、文章の装飾品が無いと、ものすごく無愛想な気がしてしまうのではないか。

……とわかってはいてもゲンナリしてしまうのは、私の中には骨の髄まで敬語文化がしみついているからなのです。私のゲンナリ感をアメリカ人は嗤《わら》うのかもしれませんが、しかしこのような「人が二人いたら、どっちが上かを決めておく」という儒教文化は一つの知恵でもあるなと、最近の私は思うのでした。

人間が複数いれば、どちらが、そして誰が「上」なのかを、人は必ず決めたくなりますし、決めずに「皆、同じ」とするには非常な努力が必要です。また、能力や美醜や社会的地位といった基準で上下を決めるのもまた、基準が曖昧《あいまい》であるが故に難しく、争いが起こりがち。

その時、その人が有能であろうと無能であろうと、お金持ちであろうとなかろうと、「とりあえず、年が上な方が上」というルールで上下を決めてしまうと、意外と平和におさまるのです。生まれる日は自分で選ぶことができないけれど、だからこそ「年上の方が、上ということになっている」という理不尽さには何となく納得してしまう。日本社会を長らく支配していた年功序列システムのベースにも儒教文化があるかと思うのですが、このシステムに従っている限り保たれる平穏は、確かにありました。

そこに入ってきたのが、能力主義です。年齢や社歴など関係なく、有能な人が上で、無能な人は下、というのがこのシステム。能力の高い、評価されるべき人が評価されるようになったのだとは思いますが、誰もが一時も気を抜くことのできない緊張感が社会で高まった結果、様々なひずみが生じたのではないか。

能力主義にはそぐわないものの、慣れれば便利な道具なのが、敬語です。目上の人に対して敬語を使用して「私はあなたの下にいます。逆らうつもりはありません」と示すだけで、他のことには気を遣わずに済む。また、たとえ同じ年や年下の人に対してでも、いつまでも敬語を使用し続ければ、「これ以上こちら側に入ってこないで」ということの表明に。

また、敬語によって表される上下関係というのは、あくまで形式的なものです。敬語を使ったからといって、下の人は上の人を尊敬しているわけではない。そして、敬語によって上位にいるとされた人が、本当の意味で偉いわけでもない。必要以上に丁寧な言葉を使用することによって相手を馬鹿にする、慇懃《いんぎん》無礼というテクニックも、あるのです。

敬語によって構築される形式的な上下関係の背後に、本当の上下関係がある。……こんなことを言ったらアメリカ人はその複雑さにうんざりするかもしれません。が、「とりあえず、先に生まれた人の方が偉いっていうことにしておこう」というルールは、「より有能で、より稼いだ人の方が偉い」というルールよりも、よほどストレスは少ないのではないか。

近年、格差社会に反対するデモが各国で発生していましたが、彼等はその「有能なほど、稼いだほど偉い」という物差しに反発しているのでしょう。一度、「年上ほど偉い」ということにしてみたら、彼等の不満は案外、解消されるのかもしれません。

つらい経験

最近思うのは、

「姑《しゅうとめ》を看取《みと》った人というのは、何か神々しい光を放っている」

ということなのです。夫の親であれ自分の親であれ、誰かの介護をするのはとても大変なことですが、他人である姑のお世話をしながら看取るということは、並大抵のことではないでしょう。寝床から起こしたり寝かしたり、食べさせたり風呂《ふろ》に入れたり、さらにはシモのお世話も……となったら、

「あなたね、介護って戦争なのよ。あちらが死ぬか、こちらが先に死ぬか」

と経験者が言うのもよくわかる。

姑を看取った人の神々しさというのはすなわち、尋常ではないほどの大変な経験をした人だけが持ち得る光がもたらすものなのです。「やり遂げた」という自信が、そこには溢《あふ》れています。

その手の人の前に出ると、私は申し訳ない気持ちでいっぱいになるのでした。それというのも私、実は今までに一度も、他人のシモのお世話というものをしたことがないから。

普通の女性であったら、まずは自分の子供のおむつを替えることによって、シモのお世話を初体験、ということになるのでしょう。世のお母さん方は、愛する子供のウンチやおしっこであれば、汚いとか臭いとか全く思わずに、処理することができるのだそう。若いお母さん達は、子供の面倒をみることによって、来るべき介護の訓練を知らないうちに行っているのかもしれません。

しかし私は、出産未経験。そして旧約聖書並みの奇跡でもおこらなければ、これから出産することもないであろう身。姪《めい》っ子はいるのですが、思い返してみると、おむつを替えたことはなかったような。せいぜい、既にトイレトレーニング完了後の姪っ子を、トイレに座らせてやったくらいなのでした。

では親の介護は、としてみますと、我が親二名は両方、長く患うことなく病院で他界したのです。そんなわけで親のシモ関係の世話も、経験したことナシ……。

友人達は、これから介護に突入するかも？　と戦々恐々としているお年頃なので、そんな私を見て、

「羨《うらや》ましい！」

と叫ぶように言います。が、私としては「こんなでいいのか？」と自問するのでした。つらい介護生活を経験した人は、

「介護のつらさって、する側の人格を破壊していくのよ。しないで済むなら、しない方がいいわ」

と言ってくれます。が、姑を看取った人は、神々しさとともに、「私は、やることはやった人間なのだ」と無言の圧力を放ちます。子供の頃、自分だけ宿題という「やるべきこと」をしてこなかった時の申し訳なさとみじめさに似た感情に、襲われる。

介護のような「大変な経験」は、人を一段上のランクに押し上げるのでしょう。経験した人とそうでない人とでは、明らかに違う何かがある。

ある種の大変な経験を持つ人の中には、その経験があるか否かで他人を見て、無いと見るや「上」感を見せびらかす人も、いるものです。かく言う私も、その一人。たとえば大学時代、私はうっかり体育会の部に入ってしまい、辞めるに辞められずに四年間を過ごしたのです。合宿だ練習だと、拘束時間がやたらと長いその部の生活は、モテたい盛りの女子大生にとって、大変つらいものでした。

テニスサークルに入っている友人など見れば、旅行をしたり合コンをしたりと、毎

日が楽しそう。対して自分は、ずっと屋外にいるせいで、時代に先駆けすぎのガングロ茶髪。男子は誰もついてこられません。

そんな中で私は、「あんなチャラチャラした女子大生と違って、私はつらいクラブ生活によって根性を養っているのだ。こっちの方がずっと意義ある学生生活なのだ！」と、テニサー女子大生達を無理矢理、下に見ていました。それは確実に、一種の選民意識であったのだと思います。

私は、たいしてつらい経験をしないまま、ぬぼーっと大学生になりました。だからこそ、突然やってきたつらい体験に舞い上がり、ハイになったのでしょう。「こんなつらい経験に耐えている私って偉い」と、うっとりすることによって脳内麻薬を分泌し、つらさを乗り越えようとしたのではないか。

つらさ自慢とは、つらさ慣れしていない人にとっての処世術なのです。つらい体験に慣れている人は、いちいちつらさ自慢などしないもの。

人権意識をしっかり持った最近のお母さん達は、もう思っていても口にはしないようになりましたが、昔のお母さん方はよく、

「子供を産んだことのない人にはわからないと思うけど」

とか、

「子供を育てないとわからないことって、あるじゃない？」

というようなことを言ったものでした。子を持たぬ者としては、そういった発言にカチンときたりもしましたが、しかし今となってはお母さん達の気持ちも、理解できます。お母さん達は、「子供を産み、育てた」という選民意識を持たなければやっていけないほど、子育てが大変だったのです。誰かを下に見ることによって得られる生きる力は、確かにあるのではないか。

会社員の人々の間でも、その手の気分は見受けられます。たとえば、仕事があまりにも忙しくて徹夜をした人というのは、しばしば徹夜ハイになっているもの。そして、徹夜ハイになるあまり、徹夜などせずに普通に出勤してくる人に対して、

「もう大変だよ忙しくって……。いいねぇ、お前達は重役出勤で」

などと、見下し気味だったりはしないか。

フェイスブックなど眺めていても、「多忙ハイによる多忙選民意識」を、しばしば見ることができるのでした。まともな社会に属していない私にとって、SNSというのはまさに、ソーシャルな世界を覗《のぞ》き見るのが楽しいネットワーク。そしてSNS上で、「私は今、こんなに忙しくて大変なのだ」ということを縷々《るる》、書き込む人を見るのも、「やってるやってる！」という感じで楽しいもの。

「胸突き八丁の、今のプロジェクト。これを越えられるかは今夜の俺の頑張り次第。やるしかない！」

などと、彼等は使命感に燃えて書き込みます。「今もこんな会社人間って、いるんだ！」と、実業の世界から遠く離れて生きている私としては、珍獣発見気分に。

彼等は本当は、どれくらい多忙かとか責任の重さとか、もっと具体的に書きたいのだと思います。しかしそうもいかないため、ほとんど戦士に捧《ささ》げる詩のような文学的ワードを連ねている。明らかに書きながら酔っているということが、伝わってくるのです。

SNSに書き込んでアピールせずにいられないほど、彼等の仕事は大変なのでしょう。しかしその書き込みは、ほぼ自慢です。多忙さを自虐的に見せようとする人もいますが、そんな人も「いいね！」をポチリとか、「よく頑張っているね。偉い！」といったコメントを期待していないはずがない。

私は性格が悪いので、多忙ハイ系コメントに「いいね！」をポチッとしてあげません。が、世の中には良い人がいるもので、多忙ハイの人に対して、

「いつもお仕事に前向きに取り組む姿勢、尊敬してます！」

みたいなことを、毎回書いてあげる人も。こうやって世の中って、成り立っていく

のですね……。

とはいえ彼等の気持ちはよくわかる、私。SNSとはいえ、メディアを使用して「私は大変なのだ」というアピールをする勇気は無いけれど、たとえば友達同士で集まった時など、その中にかつて共に何らかのつらい経験をしたことがある人がいると、

「あの時は大変だった……」

「ほんとほんと！」

と、自分達がいかにしてつらい経験をくぐり抜けてきたかを滔々《とうとう》と語って、非経験者に聞かせたりしているのです。

その時、つらさ自慢をする私達の中には、「一緒につらい経験をしていないあなた達は仲間にいれてあげない」という排他的意識があります。そして、

「そんなつらい経験に耐えてきたあなた達は何て偉いんでしょう」

と友達に言ってほしいという欲求も、たっぷり。

こんなつらさ自慢ができるのは、世の中が平和であるからに他なりません。もしも戦時下であったら、世の中の人全員が同じつらい思いをしているわけで、自分だけがつらさ自慢をしてうっとりすることはできないのですから。

長い介護生活の後、ようやっと姑《しゅうとめ》を看取《みと》った経験を持つ、とあるご婦人が言いま

した。

「介護生活は本当に大変だったけれど、でもどんな苦労も、亡くなる前に姑から手を握られて、『ありがとう』と言われた時は、吹き飛んだわ」

と。

もしも私が、苦労の末に姑を看取るなどという偉業を成し遂げたら、「吹き飛んだわ」とおっとり語るくらいのことでは済まされないでしょう。「自分の親のシモも世話しなかった私が他人の親のシモを」とか、「こんなに睡眠時間が少ない日々に耐えた」などと、看取り経験の無い人を選んで語っては「偉い偉い」と言われ、挙げ句の果てには「看取りの記」的な本まで書いて、さらに多くの賞賛を得ようとするのではないか。

ああ、神様はきっと、そんな醜い行為を見たくなかったからこそ、私に介護も出産もさせなかったに違いありません。神様は耐えられる苦労しか人に与えないということは、本当なのかもしれませんねぇ。

おばさん

大阪に行くといつも、「大阪のおばちゃんになりたい！」と思うのです。「大阪のおばちゃん」のイメージは、はっきりしています。常に明るく面白いことを言いまくり、たとえ海外に行こうと大阪弁を貫き通す。豹柄《ひょう》スパッツなどの独自なファッションを好み、バッグの中には、いつも飴《あめ》ちゃんが入っている、というような。

大阪のおばちゃんになぜ憧《あこが》れているかといえば、自信を持って「おばちゃん」をしているから、なのでした。大阪のおばちゃんも、昔は大阪のお姉さんであり、大阪の少女であったわけですが、とてもそうは思えない。生まれた時から大阪のおばちゃんをやっていたかのように、「おばちゃん」が板についているのです。

そして私も、年齢的には十分に「おばちゃん」です。が、大阪のおばちゃんのように、堂々と「おばちゃん」とか「おばさん」の世界に浸ることができない。「私だけは違う」と、信じようとしているのです。

なぜ私は、堂々とおばちゃんになることができないのかといえば、まずは子供がいないということがありましょう。子供がいる人は、子供の同級生から、

「おばさーん、こんにちは！」

などと言われて、自分がおばさんであることの自覚を深めていきます。しかし私にはその手の経験がありません。子供は素直におばさんのことを「おばさん」と言いますが、大人は気を遣ってくれるため、私は他人から面と向かっては「おばさん」と呼ばれずに、生きてくることができたのです。

さらに日本では、ここ三十年くらいずっと、「女は、若ければ若いほどよい」という思想が強まり続けています。古《いにしえ》より日本においては、小さいもの、未熟なもの、若々しいものが好まれるという傾向があったとはいえ、私が子供の頃はまだ、大人に憧れるという意識があったはず。

しかし今、若者は「大人になりたくない」と願うわけです。ここ三十年における、若者達の成熟拒否心理の強まりの裏には、以前にも記しましたが、秋元康さんの存在が大きく関係している気がしてなりません。八〇年代に、女子大生の集団であったオールナイターズから、女子高生の集団であるおニャン子クラブを派生させたのは、秋元さん。女の子達の集団に常に若い分子を補給して、若くなった人は自然淘汰《とうた》さ

れていくという、現在のＡＫＢ48まで続く流れは、三十年前からありました。あのようなグループを見ていたら、そりゃあ若くなくなることへの恐怖心は増大しましょうや……。

七〇年代までは、結婚した女＝おばさん、という図式があって、女性達は結婚というゴールを迎えた後、素直におばさん化への道を歩んだのです。が、「若ければ若いほどよい」という風潮が強まるにつれ、おばさんになることに対する恐怖心は強まりました。「結婚しようと子供を産もうと、いつまでも若くお洒落《しゃれ》でモテていたい」という人が増加し、女性達は必死になって、おばさん化の道を忌避するように。

おばさんは、若い女性から下に見られる存在です。実際、私も若い頃はおばさんのことを思い切り下に見ておりました。と言うより、自分と同じ世界に生きている同じ生物だとは思っていなかったのです。ダサくて、図々《ずうずう》しくて、太っているのが、おばさん。おばさんなどという別種の生き物に自分がなるはずはない、と信じていた。

女性がもっと年をとって「おばあさん」になってしまえば、尊敬の対象になります。おばあさんは時に可愛らしくもあるし、長く生きてきた人ならではの智恵を持つ存在でもある。お年寄りを大切にする文化を持つ日本においては、人生の経験を積んだ存在として丁重に扱うべき、という共通認識もある。

対しておばさんは、おばあさんよりはずっと生々しく、可愛げもありません。あらゆる年代層の中で、最も下に見られる存在と言っていいのではないでしょうか。これはもちろん、おばさんに限らずおじさんでもそうなのですが、若くもなく年寄りでもないという年代は、若者のようにその美しさを讃《たた》えられもしなければ、お年寄りのようにその経験を崇《あが》められもしない。

だというのにおばさん年代は、人生の中で最も大変なお年頃でもあるのです。子供や若者を育《はぐく》み、だまっておさんどんをし、また社会においては中心層として仕事をこなす。それればかりでなく、お年寄りの面倒も見なくてはならないのですから。

おばさんは忙しいからこそ、若者のように自らを飾り立てることにばかり構っていられないのです。せめて食べなくてはやっていけないけれど、代謝が落ちるので、むやみに食べれば太ってくるのは自然の摂理。だというのに、髪を振り乱して子供や老人の面倒を見たり働いたりしているおばさんを見て、

「あんなおばさんになりたくなーい」

と、若者は言うのでした。

そんなおばさんの立場を理解しているからこそ、女性達はおばさん化を嫌悪します。おばさんぽくなく、しかし「痛い」とも言われないようにとファッションに気を遣い、

シミ、シワ、シラガも几帳面《きちょうめん》にケア。その道を極めると、美魔女と言われる美しい中年女になることができる。

美魔女への道はとても歩むことができない私ですが、しかし、素直におばさん化しない女性のことを、世間が扱いあぐねている様子は、理解しております。おばさんだのおばちゃんだのは、年代ヒエラルキーの最下層として、かつては世間でぞんざいに扱われていました。おばさんもまたぞんざいな態度で返したので、おばさんの周辺には常に、気楽なムードが漂っていたのです。

が、おばさんになろうとしない中年女の周辺には、その気楽なムードがありません。どこか、ピリピリピリしているのです。

なぜピリピリしているのかといえば、周囲が「どう扱っていいかわからない」と思っているからでしょう。人間、どれほど化粧が上手《うま》くても、はたまたシミをレーザーでとろうと白髪を染めようと、五十代の人は五十代に見えるもの。だからこそ中年を若者だと見誤ることは決してないのだけれど、しかし従来のおばさん像よりは明らかにきれいな恰好《かっこう》をして頑張っている中年女を「おばさん」と呼んだら、どれほど恨まれることか。何と呼んだらいいのかわからずに困っている人は、たくさんいるのではないか。

日本語の場合、若者でもなく老人でもない女性を呼ぶ言葉は、「おばさん」とか「奥さん」くらいです。ヨネスケさんなどは、「そこのお母さん！」といった言い方もされますが、「奥さん」とか「お母さん」は、全員が結婚して子を産むわけではなくなった今の時代には、使用しづらいものです。まさか「美魔女って呼んで下さい」と言えるほど、中年女は厚顔でもなし。

中年女の側も、腰の落ち着かない気分でいるのです。口では、

「私達おばさんはさー」

と言ってみるものの、その言葉の裏には「あーら私って何て自嘲《じちょう》的なのかしら」という意識があり、

「何を言ってるんですか、全然おばさんじゃありませんよ！」

といった打ち消しの言葉を期待していたりもする。

おばさん化を拒否する中年女達は、彼女達に対する絶妙な呼称が発見されない限り、いつまでもピリピリしたムードを漂わせ続けるのだと思います。おばさんという安住の地へ足を踏み入れることを拒否する限り、居場所も名前もなく、私達はさまよい続けなくてはならない。

名無しの中年女は、渋谷を歩いてもティッシュを配られません。自分の前を歩く若

い女の子の前には、次々とティッシュ配りの手が差し出されるのに、中年女の前に出てくるのは、せいぜいコンタクト屋さんのティッシュくらい。

その時に中年女は「自分は不当に扱われている」と思うのでした。そう思う自分が間違っているのではなく、自分にティッシュを配らない世間が悪いのだ、くらいに。

そしてそんな時、私は思うのです。「もしも私が大阪のおばちゃんであったら、こんな時に『私は不当に扱われている』などと無駄にイラつかず、若い女の子にしか配らないお兄ちゃんに手を差し出して、『ティッシュちょうだい』と言うであろうに」と。

おばさんと呼ばれたくない中年女は、一方でおばさんに憧《あこが》れてもいるのでした。若者から下に見られることなど痛くもかゆくもない、と堂々とおばちゃん道を歩くことができたらどんなに爽快《そうかい》で楽であろうか、と。

おばさんに憧れつつもおばさんになりたくない中年女は、世間的にはおばさんとしての扱いを受けながらも、一方では都合のよい期待をされています。つまり、「消費の牽引役《けんいんやく》」としての期待を。

バブルを知っている名無しの中年女は、ブランド物だ海外旅行だと、消費の快楽を知っています。どれだけ景気が悪くても、その快楽を手放さない層と言われ、「あの世代だけは買ってくれるのでは」という期待は今、ますます強まっています。

その期待には、多少の揶揄《やゆ》が混じっているのでした。つまり、バブルを知らない世代から、

「あのおばさん達さー、時代の空気を読まずにいつまでもブランド物とか買ってて、わけわかんないよねー」

「でもまぁ、景気が悪い時にああいう人がいてくれるのもありがたくね？」

などと言われている気がしてならない。

あーあ、大阪のおばちゃんであったら、そんな声も気にせずに買いたいものを買うのであろうに。……と、素敵なバッグの前で逡巡《しゅんじゅん》する私。おばさんになりきることができない、名無しの中年女の迷いは、おばあさんになるまで、終わらないのでしょう。

お金

若い頃はスポーツもできずお洒落《しやれ》でもなく、全くモテなかった男の子が、大人になって久しぶりに会ってみたら、やけに自信満々になった上に美人妻まで連れていた、というケースがあるものです。

昔は終始、オドオドして女の子の目を見ることもできなかった彼が、なぜそうなったのか。……というと、仕事で成功し、お金持ちになったからなのです。

美人はお金についてくる。これは、一定レベルで事実です。と言うより、お金についてくる美人が、世の中には確実に存在する。かつてホリエモンが、「お金で買えないものはない」「人の心もお金で買える」と言ったとか言わないとかで物議をかもしたことがありましたが、お金を持った途端、それまでは無縁だった美女がなびいてくる経験をしたであろう彼の、それは偽らざる実感だったのでしょう。

美女と野獣ならぬ、美女と不細工（それも並々ならぬ）というカップルが、世には少なくありません。並んでいると、二人ともお金のかかった恰好をしているけれど容姿や年齢の差があまりにも男女間で大きく、二人の間をとりもったものはお金、という事実が嫌でも浮かび上がる。

「ここまで『お金に惚《ほ》れました』ということがあからさまになって、恥ずかしくないのだろうか？」と思うのですが、本人達はそうでもなさそうです。特に男性側は、「こんな美人妻を連れて歩けるほどの甲斐性《かいしょう》を持つ自分」が、むしろ誇らしそう。

アメリカでは、今にも死にそうなミリオネアのおじいさんと元プレイメイト、といったカップルが見られます。そんな元プレイメイトを見ると、「仕事としてやってます」的表情をしていて、むしろ清々《すがすが》しいくらい。しかしおじいさんの方は、かつてビジネスでならした人だというのに、真剣に「最後の恋」くらいに思っているのです。

このようにお金は、他のあらゆる価値観をひっくり返す力を持つものなのでした。貨幣経済の中で生きている以上、我々の頭からお金の問題が離れることはありません。

お金についての、一般的な感覚。それは、「多いほど嬉《うれ》しい」というものでしょう。百円よりは千円、千円よりは一万円もらった方が、嬉しい。だからこそ、百円よりは千円、千円よりは一万円持っている人の方が偉いと、私達は思うのです。

子供の頃も、

「○○ちゃんのお父さんって、すごいお金持ちなんだってー」

と誰かが言うと、条件反射的に、

「へーえ、すごいねー」

と言ったものです。お父さんがお金持ちという事実は、○○ちゃん個人の資質とか美点とは全く関係ないし、本当に「お金持ち」は「すごい」のか、そして何が「すごい」のかも全くわかっていませんでしたが、とにかく「お金持ち」は賞賛すべきことなのだと思っていた。


それとは逆の感覚も、もちろん存在します。我々には、貧乏＝下、と見る癖がついているのです。子供の頃、家が貧乏だというだけでいじめられていた子は、どこにでもいたことでしょう。そして世の中では、お金持ちは全ての面で優遇され、お金が無いとその逆となる。

最もわかりやすくその事実を感じさせるのは、飛行機の中です。エコノミー、ビジネス、ファーストと、座席のランクが上がるにつれて機内での専有面積が広くなり、快適にフライト時間を過ごすことができるわけですが、差があるのは面積だけではありません。食事の内容はもちろん、ＣＡさんの態度も如実に違います。ファーストの客にはひざまずくようにサービスするのに対して、エコノミーの客に対しては、人という名の物体でも扱うかのような人も、中にはいる。実際、友人のCAは、「エコ（エコノミーの意）の客は、ボタン押してCAを呼びつけるなっつーの」と、憎々しげに言っていましたっけ。

飛行機に乗る順番だって、お金を多く払った人から。エコノミーの乗客は、ビジネスやファーストの領域に足を踏み入れることすら、許されません。そして降りるのも、お金を多く払った人が先。

エコノミーで長時間フライトして疲労困憊《こんぱい》し、既に全員が飛行機を降りたビジネスやファーストの座席を横目で眺めながら降りる時には、何ともいえない理不尽さを感じるものです。が、理不尽に思うのも間違っているのです。航空会社からすれば、「お支払いいただいた金額に見合ったサービスをしているだけですが？」となるわけで、差別や意地悪をしているわけではない。

飛行機は、この世の縮図です。私達は、飛行機を降りても、「お支払いいただいた金額に見合った」サービスもしくは物しか、手に入れることはできない。そして、エコノミー的なクラスに身を置く人は、ファースト的クラスの人に対して「あっち側に行きたい」とか「ズルい」とか「ふん、自慢気に」といった思いをたぎらせ、ファースト的クラスにいる人は、「こっちでよかった……」と思う、と。

もちろん、

「人生、お金だけじゃありません。心の豊かさが大切なのです」

という考え方を広めようとして下さる方もいました。が、保険会社のコマーシャルにおいて、

「よ～く考えよ～　お金は大事だよ～」

と無邪気な声で歌われると、「いやホントホント。地獄の沙汰《さた》も金次第って言うしねぇ」と、思うのです。

人格者がいくら「お金だけじゃありません。心です」と言ったところで効き目が無く、ほとんどの人が「できるだけたくさんお金がほしい」と思っていた世に変化をもたらしたものは、先の震災です。一瞬のうちにたくさんの命が奪われ、原発の事故によって、安心して暮らすことができない地が生まれました。

私が住む東京は、揺れによる被害は大きくはなかったものの、帰宅難民が大発生し、米や水は不足し、計画停電があり……と、生活は大幅に変わりました。

すると我々の中にも、「家族が無事でいるだけで有り難い」「お金よりも命が大事」といった気持ちが発生してきたのです。原発事故によって、「電気をじゃんじゃん使って、物をじゃんじゃん消費することが本当の豊かさなのか？」とも。

しかしそれは、直接的な被害にあっていないからこそなのかもしれません。家財が全てなくなってしまうような被害を受けた人は、お金の重要性を、震災前以上に実感しているでしょう。我々も含めて、日本で生活していた以上は、「ではこれからはお金を全く遣わない生活を」とは、ならないのです。

そんなある日、私はラオスに行く機会がありました。ラオスと言うと、国の名は知っていても、「どこ？」という感じかと思いますが、それはベトナム、カンボジア、タイ、ミャンマー、中国に囲まれた、インドシナ半島にある内陸国。経済規模は、鳥取県の四分の一ほどと、世界で最も貧しい国の一つです。

旅の途中、ラオスのとある村に、ホームステイする機会がありました。旧宗主国のフランスが、植民地としてのラオスは儲《もう》かる土地でないと見切って、鉄道網などを整備しなかったため、ラオス国内を結ぶ鉄道は、存在しません。よって、首都のビエンチャンから車で八時間走って、村に到着。交差する道がほとんど無く、信号も無いので車はかなりのスピードで走り続けました。

到着した村には、電気はかろうじてついているものの、トイレやガスはありません。調理は薪や炭で。森がトイレの、川がお風呂《ふろ》の働きをつとめます。

家は、高床式。リビング的な部屋は三方に壁がなく、広いベランダという感じ。村の中には、豚、犬、鶏たちが歩きまわっています。

そんな生活に、私は当初、ギョッとしたのです。家にトイレが無い？　どういうこと？　と。軍隊経験を持つような人は別として、普通の奥さんは、近くの市場まですら行ったことがないといいます。

村の人達は、「もっと豊かになりたい」とは、言っていました。確かに彼等は、貨幣としての収入は極めて少ない。

しかし、食べることに困っているわけではありません。お米や野菜は自分達で作っていますし、また温暖な気候ですから、着るものもたくさんは要らない。

子犬と子豚と子供達がかけずりまわっているのをぼーっと眺めつつ、私は思っていました。ラオスに来るまでは、経済的に発展していないラオスを、自分はおそらく下に見ていた。ラオスの発展のために、何かをして「あげたい」と、上から目線で考えていたのです。

が、実際に来てみると、彼等はお金が無いことに焦りや絶望を感じている風はありません。鶏の声とともに起き、晩ご飯を食べたら寝る。それは単調な暮らしではあるけれど、「もっと美味《おい》しいものを」「もっとたくさん」「もっと快適に」といった、「もっともっと」という欲求からは完全に解放されています。

我々は、ラオスの人達に対して「皆さんも（私達のように）経済発展するといいですねぇ」と、思っています。が、ラオスが日本のようになったら、それは幸せなのか。選択の幅は大きければ大きいほど、行動半径は広ければ広いほど、良いことなのか。「わからんなぁ……」と、思うばかり。

それでも村長さんの家だけには、他の家には無い「窓」がついていて、それが村長さんは自慢そうでした。やはりここにも、貨幣経済の影響が存在しないわけではない。窓の次にはドア、ドアの次にはトイレ……と、欲求はきっと増していくものなのですし。

風呂もトイレもない、自然そのままの暮らし。そして、スイッチ一つで温かいお風呂に入れるし、トイレでは機械が排便後の尻《しり》を洗浄してくれるけれど、放射能を心配しなくてはならない暮らし。正解は、二つの暮らしの間のどこかに存在するのでしょうか。それとも、全く別のところにあるのでしょうか。答えを出すことはできないのだけれど、しかし習慣というものに抗《あらが》うことはできず、ウォシュレットつきトイレを夢見ながら、私は村を去ったのでした。

上から目線

「上から目線」という言葉がよく言われるようになったのは、ここ数年のことかと思います。少なくとも、私が若い頃にこの言葉は存在しなかった。「上から目線」を放っている人がいても、せいぜい陰で「偉そうに……」とブツブツ言うくらいだったのです。

「上から目線」という言葉が画期的なのは、偉そうにしている当の本人に対して、直接言うことができるところです。この言葉が無かった頃は、偉そうな人がいても、面と向かって「偉そうに」とか「何様のつもり？」とは言いづらかった。対して今は、その手の人に対しては、軽い冗談であり揶揄《やゆ》である、というニュアンスを含めつつ、

「おっ、上から目線だね〜」

と言うことができます。

誰が言い始めたのかは知りませんが、この「上から目線」という言葉が流行《はや》ってい

る背景には、何らかの事情があるのだと思います。何故我々は、上から目線をこれほど気にし、いちいち指摘するようになったのか……？

「上から目線」という言葉がどんな時に使用されるかというと、相手が自分よりも上にいるかのような発言や態度を見せた時、であるわけです。さらに言うなら、その相手は、自分より明らかに偉い人とか、年上の人ではない。偉い人が偉そうにするのは当たり前なわけで、自分と同等もしくはそれ以下だと認識している相手が偉そうにした時、この言葉は使用されます。

たとえば、既に結婚して家庭を築いている人が、独身の同級生に対して、

「結婚っていいものよ。あなたも早くした方がいいわよ」

などと言ったとしたら、以前であれば言われた側は、

「そ、そうね……」

と、腹の中では「何なんだその哀れみのこもった台詞《せりふ》は！」とカチーンときつつも、口ごもっていたことでしょう。しかし今は、

「あーらずいぶん上から目線ね」

と、腹の中の「カチーン」という感覚を冗談めかして表現することができる。その台詞の後には、「あなただって結婚する前はあれほど必死に婚活にかけずりまわって

いたのに、結婚した途端にその偉そうな態度って何？　ま、急にお金持ちになった人ほどお金持ちアピールがえげつないけど、結婚に関しても同じなんでしょうねー」という声が隠されているわけですが。

「上から目線」は、相手を牽制《けんせい》する言葉なのです。自分と同等もしくはそれ以下の者が、自らの立場をわきまえずに、上に立とうとした時、盗塁を狙う一塁ランナーを目にとめたピッチャーが素早く一塁手へと送球するが如く、

「上から目線！」

と、釘《くぎ》を刺す。

私達はおそらく、面と向かって「あなたの今の発言は、上から目線である」と言うことができる相手のことを、下に見ています。「本当であれば私より下の立場にいるあなたのような人が、そんな発言をよくできるわね」という意味が、そこには込められているのではないか。

しかし「上から目線」は、少し頑張りさえすれば、自分より上の相手にも、使うことができるのです。たとえば『ドラえもん』におけるのび太くんは、マンガの中でどんなにジャイアンに威圧的に振る舞われても、面と向かって「偉そうに」とか「何様のつもりだ」と言うことはできません。が、彼だって勇気をふり絞れば、

「何だよ、その上から目線は！」

と言うことはできそうです。

のび太とジャイアンは、同級生です。ただ、ジャイアンは身体が大きく粗暴な性格、のび太は気が弱くて痩《や》せっぽちであるから、ジャイアンが上でのび太が下という序列ができている。その時、えばるジャイアンに対して「上から目線」と言うことができれば、のび太はジャイアンに対して一矢《いっし》むくいることになる。

ジャイアンのように、いちいち偉そうに振る舞う人が、世にはいるものです。彼等は今まで、陰でその態度を揶揄されてはいたけれど、面と向かって「いつもあなたは偉そうにしていて不快だ」とは伝えられていなかった。しかし「上から目線」が流行ったことにより、その手の人に自覚を促すことができるようになったのです。

同じような効能を持つ言葉として、最近は「ドヤ顔」というものも流行っています。関西弁で「ドヤ！」、すなわち関東弁にするなら「ドーダ！」と言っていそうな自慢気な表情が、ドヤ顔。

「自慢するわけじゃないけど俺、大学受験の時に東大でも行けるって言われてたけど、あえて早稲田《わせだ》にしたんだよね」

などと言う人がいたら、昔であれば「この場合、『すごーい』って言うのが礼儀と

いうものだよね。あー面倒くさい」と瞬時に判断して、

「へえ、そうなんだ。すごーい」

と言わなくてはならなかったわけですが、今なら、

「へえ、そうなんだ。しかしすごいドヤ顔してるね」

と、終わらせることができる。と同時に「自慢するわけじゃないって言ってるけれど、それは自慢以外の何ものでもありませんよ」ということを、さり気なく伝えることもできる。

「上から目線」「ドヤ顔」といった言葉は、このように相手の偉そうっぷりを気軽に指摘できるわけです。同時に、偉そうにしている本人がそれらの言葉を使用することによって、「私は今、自分が偉そうであることを自覚している」と周囲に示すことができるのも、便利なところ。

たとえばレストランにおいて、客がシェフに、

「今日のスープ、美味《おい》しいねぇ。腕上げたねぇ。……あ、ちょっと上から目線だった？」

と言えば、「素人《しろうと》がグルメぶって偉そうなことを言っていることは承知しておりますが」という意味を含ませることができる。

また、ゴルフの時に素晴らしいドライバーショットをした人とか、ボウリングでストライクを出した人というのは、つい「鼻高々」的な顔になってしまい、どんな風に仲間のもとに戻っていいかわからなくなるものです。が、そんな時も、

「あっ、ついドヤ顔しちゃった」

と言えば、一緒にいる人達も素直に祝福してあげることができる。

このように便利な「上から目線」「ドヤ顔」であるわけですが、この手の言葉が流行る背景には、現代ならではの息苦しさのようなものもある気がするのでした。

すなわち、日本では昔から「出る杭《くい》は打たれる」社会であったわけですが、「上から目線」とか「ドヤ顔」は、その「出る杭」に対して、

「あなた、出てますよ」

と知らせる用語です。「打たれる前に引っ込めた方がいいのではないですか」という、警告の言葉でもある。

そこには、強い同調圧力があるのです。特に、不況で日本がパッとしない今、「上から目線!」「ドヤ顔!」と互いに言い合い、特別な存在を作らないことによって、「みんな一緒だよねー」という安心感を、今時の若者は得ようとしているのではないか。

グローバル化の時代と言われて、久しい時が過ぎます。グローバル化とかIT化とか盛んに言われていた頃は、「これからの若者はIT知識を武器にどんどん世界に打って出るのだろうなぁ」と思ったものです。

しかし今、若者達を見てみると、何ら「打って出て」などいない気がするのでした。外に出るよりうちでまったり……と、むしろ内向き傾向が強まっている。ま、世界に出て行って渡り合うだなんて大変だものねぇ、わかるわかる、とは思います。

が、内向き傾向が強まるということは、互いを監視し合う傾向も強まることでもあります。「みんな一緒に低レベル」だからこそ、自分が「低」であることは目立たないのであり、誰かが抜け駆けして高レベルに行こうものなら、自分が「低」であることが目立ってしまう。だから、出る杭は早めに打っておく。

「上から目線」「ドヤ顔」は、そんな気分の中で生まれ、流行した言葉なのです。誰かがぴょこんと頭を一つ出したら、

「上から目線！」

「ドヤ顔！」

と言って、「頭、出てますよ」「みんな一緒、っていう約束でしょ？」と知らしめる。

誰かが、「出る杭は打たれるが、出過ぎた杭は打たれない」と言っていましたが、

こんな世の中においては、実は「出過ぎた杭」が熱望されているのだと思います。頭一つ出ているくらいの人から上から目線で何かを言われるとカチンとくるけれど、うんと上からうんと偉そうに何かを言われると、ほとんど神様のように思えて、どんなことにも唯々諾々と従ってしまう、否、従いたくなるのではないか。

民主党や自民党の人達は、このような人心掌握の大チャンスを、みすみす見逃していますそして大阪の橋下徹《はしもととおる》さんのような人が、そのチャンスをがっちり拾っているように見える。彼は素晴らしい上から目線&ドヤ顔の持ち主であるわけですが、一部の人はそんな彼であるからこそ、ウットリ従っている。

しかしこの傾向は、今に始まったことではないのでしょう。日本人は昔から、「ちょっと上」からの目線には強い嫌悪感を持っていたけれど、「うんと上」からの目線は大好きだった。見くだされるのは嫌いでも、見おろされるのは快感だったのではないか。

「みんなちがって、みんないい」どころではなく、前にも増して「みんな一緒」という傾向を強める日本人を殺すのに、もう刃物はいりません。嘘でも演技でも、高ーいところから見おろしてあげれば、我々は尻尾《しっぽ》を振ってついていくに違いないのです。

世代

自分が何どしであるかという話題の時、

「私は、午《うま》」

と言うと、

「もしや……」

と、微妙な顔をされることがあります。何が「もしや」なのかといえば、「もしや、丙午《ひのえうま》？」ということなのです。

まさに私は、「もしや」の丙午生まれです。丙午というのは、六十年に一度巡ってくる年であり、その年に生まれた女の子は夫を喰《く》い殺すとか、丙午は火事が多いという話がある。

八百屋《やおや》お七《しち》がその年に生まれたということでそのような伝説が生まれたらしいのですが、しかし驚くのは一九六六年の丙午の時点で、その伝説を信じて「この年は子供を産むの、やめておきましょう」と避妊した夫婦が多かった、という事実です。

出生率の移り変わりのグラフを見ると、一九六六年だけ明らかにガクッと数字が下がり、翌年から復活していることがわかります。前年は二・一程度の出生率だったのが、丙午の年は一・五八と激減、そして翌年はまた二・一以上と、明らかに特殊なV字回復を見せている。お七の力、侮り難し……。

かくして私は、「競争の少ない学年」で育つことになりました。同級生を見ても、男を喰い殺すというよりは、地味でおっとりとしている人が多い。男子に至っては、競争の少ない中で、さらに女子よりおっとりしているような気が。

しかし今でもたまに、

「そうか、丙午か……」

と、特に年配の人から「なるほどね」的な視線で見られることがあるのです。気性の激しい女は他の世代にも多数いるであろうに、「丙午は、強い女が多いよなぁ。あいつにあいつ、あいつもそうだ」と、ことさら数え上げられたりする。

丙午以外にも、人から揶揄《やゆ》されがちな世代というのが、あるものです。が、私はその手の世代論には懐疑的な者。ある世代の生まれだというだけで、人は「この世代の人は、こういう人」と、あらかじめ規定された視線で人から見られがちということは、丙午を経験しているだけでも、わかるのです。

団塊の世代などは、丙午など比較にならないほど、その手の視線の被害を受けている人達かと思います。戦後のベビーブームで生まれた、とにかく数が多いことが特徴の、団塊の世代。下の世代にとっては、数が多いというだけでうっとうしかったのかもしれません。

が、それにしても団塊の世代は、世代としての悪口を言われやすいのです。思い起こせば私が社会人になったのは、団塊の世代が社会の中枢でバリバリ働いていた時代であったわけですが、団塊よりも少し下の世代の人達が、特に団塊の世代を嫌っていたような気がします。やれ団塊の世代はワガママだとか自分が偉いと思っているだとか、悪口の言われ放題だった。

しかし今思うと、彼等は団塊の世代が嫌いと言うより、単に上司が嫌いだったのではないか。たまたま嫌いな上司や先輩が二、三人ほど団塊世代にいると、「団塊世代はみんな駄目」「諸悪の根源は団塊世代」と、ひとくくりにして考えがちだった気がするのです。

団塊の部下世代は、上司の悪口を世代の悪口にすり替えることで、「最低な世代がすぐ上にいることによって、いわれのない被害を受けている我々」という図式を作っていました。上司の愚痴を言うという行為よりも、世代を批判するという行為の方が大義名分が立つと思ったのかもしれません。

このように、ある層に属している人々を全てひとくくりに捉《とら》えて、「全部駄目」と断罪するというのは、全ての差別的現場において見られる傾向です。女性が仕事で失敗すれば、

「だから女は駄目なんだよ」

となり、外国人が罪を犯せば、

「だから○○人は駄目」

となるように。

同じことが世代についても言うことができるわけで、今までずいぶん悔しい思いをしてきた団塊世代もいることと思います。団塊の世代の場合は、単に数が多いので少し何かしただけで目立ってしまい、自分は何もしていないのに「だから団塊の世代は」と蔑《さげす》まれて悔しい思いをした人も多いに違いありません。既にリタイアした団塊の世代が多い今、「やっと叩《たた》かれないようになった……」と、ホッとしているのではないでしょうか。

世代差別は、他の差別と同様、差別される人達自身が悪いわけではありません。団

塊の世代ならば、戦争が終わって日本中がホッとしたから子供がたくさん生まれてきたのであって、それは団塊世代の人達のせいではない。丙午にしても、丙午生まれは自分のせいではないのです。

最近、そういった意味で可哀想に思うのは、ゆとり世代差別です。学習指導要領によりゆとり教育が導入されたのは平成十四年のことであり、今（二〇一二年当時）で言うなら十代後半から二十代前半辺りが、ゆとり世代と言われています。しかしゆとり世代自身が「ゆとり教育を受けたい」と思ったわけではなく、それは他者から与えられたものなのです。

ゆとり教育と言えば、円周率を3と教える、というような話もありました。詰め込み教育ではなく、ゆとりを持って子供を育てていこうという教育方針は、理念としては悪くないと思う。

が、ゆとり教育を実施してみたら、日本の子供達の学力レベルは、国際比較の中でもランクダウン。ゆとりある日々の中で、自発的にやりたいことを見つけていってくれれば……と当時の大人達は思ったのでしょうが、いざゆとりを持たせたら結果はイマイチだったわけで、「日本人気質には、とにかく詰め込む方が合っているみたいね」と、元に戻ってしまったのです。

かくして、宙に浮いたようなゆとり世代が生まれました。彼等が大学を卒業して社会人になるという時、会社員の友人達は、

「いよいよゆとり世代が会社に入ってくるよ」

と、ニヤニヤしながら言っていたものです。そして入社後は、

「マジで〝ゆとり〟って駄目！　この前もこんなことがあってさ……」

と、かなり生き生きと、ゆとり世代の悪口を言っていましたっけ。この頃には、「世代」すら除かれ、「ゆとり」と嘲笑《ちょうしょう》されていたのです。

しかし私は、全て世代のせいなのか、と思うのでした。「今年の新入社員は駄目だ！」と断罪されるのは、何もゆとり世代が初めてではありません。と言うより、「今年の新入社員はすばらしい」などと会社員が言うのを私は聞いた事がなく、必ず毎年、「今年の新入社員は駄目だ」と言われているのです。

会社員達は、「今年の新入社員は駄目だ」と言うことによって、自らの優位性を確認したいのではないでしょうか。フレッシュなパワーは、旧勢力にとっては常に脅威となるわけで、だから先輩は早いうちに新入社員に「駄目」という烙印《らくいん》を押しておきたい。

ゆとり世代は、その恰好《かっこう》の標的になっています。「○○君は駄目だ」では個人攻撃

になってしまうけれど、「ゆとりは駄目だ」であれば、時代のせいになる。ゆとり世代は、先輩達にとって、実に駄目出しをしやすいレッテルなのです。彼等はもしかすると、ゆとり教育終了後のポストゆとり世代からも、「あの人達ってゆとりだから、駄目なんだよね」と揶揄されるのかもしれず、可哀想と言わざるを得ません。

ゆとり世代に同情的な私は、彼達と同様、後輩達から世代として揶揄される痛みを知っています。そう、私は年単位で見れば丙午生まれであるわけですが、世代で見ると、あのバブル世代なのです。

八九年～九二年頃の新入社員をバブル入社組と言いますが、私は八九年にバブルの恩恵をたっぷり受けて会社に入った、まさにバブル入社組。バブル当時はまだ「今がバブルだ」という意識もなければ、それが後に弾《はじ》けることも知らなかったわけですが、バブル崩壊後には、「バブル世代」と後ろ指を指されるようになります。

その後、日本は長い不景気に突入しましたから、我々より下の世代は、就職活動にも苦労するようになります。そして彼等は私達に対して、「いいっすよね、バブル世代は……」と、恨みとも蔑《さげす》みともつかぬ視線を送ったものです。

私達がつらいのは、団塊の世代とかゆとり世代のように、他者とか時代のせいで特殊な世代になったわけではない、というところです。後からバブルと命名された時代、私達は既に大人でした。バブルに踊らされたわけではなく、「こんな世の中はちょっとおかしいかも？」と思いながらも、自発的に踊っていたフシがある。バブル世代となったのは、自分のせいなのです。

そのせいでしょう、我々は今も、上下の他世代から、

「あの人達は、バブル世代だから……」

と言われ続けております。バブル世代だけはどんな不景気でもブランド物が好きだとか、いつまでも若さを求めるとか、ほとんど社会の道化者扱い。しかしそのお陰で、後ろ指を指されるというよりは、「あの人達はああいう人達だからしょうがないのだ」と諦《あきら》めてもらえるという、珍獣のような立場を確保した気もします。

しかし我々は、打たれ強いのでした。なにせバブル、すなわち〝泡〟なので、打たれようが叩かれようが気づかずに、今に至るまで遊び続けていたりする。

パッとしない日本においては、我々のような道化世代も、必要とされているのかも。不景気を味わって苦労した他の世代が、せめて揶揄《やゆ》するくらいのことですっきりできるのであれば、いくらでもしてほしい……と、未《いま》だに台の上に乗って踊り続けている気分が漂う世代の者としては、思うのでした。

ブス

女性の犯罪者というのは何かと話題になりやすいものですが、昨今女ヒール界の話題を席巻《せっけん》したのが、キジカナこと木嶋佳苗《きじまかなえ》被告。結婚詐欺を生業《なりわい》とし、何人もの命を奪ったとされる、その罪の犯し方がまず、派手です。

彼女がおおいに話題になっているのは、罪の派手さにおいてだけではありません。端的に言うなら、彼女は「ブスだから」話題になっているのです。

もっと正確に言えば、彼女の話題性は「ブスなのに、まるで美人がするような犯罪をしでかした」というところにあります。その結果、キジカナのおっかけをするような女性も登場したのだと言いますが、しかしそれはごく一部の特殊な人達でしょう。多くの女性は、キジカナの「ブスなのに、ブスではないかのような態度」に、ものすごくイラついています。

多くの男性は、「女はブスに甘い」と思っているものです。

「すっごく可愛い子がいるの」と言って女の子が連れてくる子は、たいていブスだというのは、男性達の間では定説として語られている。同性同士の場合は、性格やセンスまで含めて、ブスに対して甘くなるのだ、と。

確かに女性は、性格が可愛い同性にも「可愛い」という言葉を使用します。しかしだからといって、ブスっぷりが目に入っていないわけではない。我々は、「性格が良いブス」に対しては優しいけれど、それ以外のブスについては、男性以上に厳しい目を持っています。

たとえば私の友人は、学生時代に同じグループにブスで押し出しが強い子がいるのを嫌っていました。人間そのものを嫌っていたわけではなく、「ブスである」という事実を嫌っていたのです。たとえば男子校との飲み会（いわゆる合コン）にブスな子を呼ぶと「我々の格が下がる」と、その子にだけ声をかけなかったり。

女性は、異性の前では決して「ブスが嫌いだ」とは言いません。しかしいざ同性の前、それも自分と同等レベルの容姿を持つ友人の前に出ると、激しいブス差別の言葉を吐くのです。

「私、ブスって大っ嫌い〜」

「本当にブスじゃなくてよかった」

などと、身もフタもない。

その手のことを言いがちなのは、容姿ヒエラルキーにおいて、中位に位置する人です。美人でもない、しかしブスでもないというタイプの人が、一番ブスには厳しい。私がまさにその位置にいる（と思っている）からよくわかるのですが、我々のブス嫌悪の激しさは、容赦がありません。

本物の美人は、「ブスって嫌い」とか「ブスじゃなくてよかった」などと、決して言わないのです。美人がそんなことを言ってしまっては、あまりにもすさまじい。それに、「美人は性格が悪い」というのは昔の話で、昨今の美人は周囲から好意ばかり寄せられて素直にのびのびと育っているので皆性格が良く、「ブスが嫌い」などとは思いも寄らない人ばかり。「金持ち喧嘩《けんか》せず」と言いますが、美人も無駄な喧嘩はしないのです。

私を含め、中途半端な容姿の人がブスを嫌うのは、「自分とブスの間に、きっちりと一線を引いておきたい」と強く思っているからです。中途半端な容姿の者は、化粧や服装で頑張れば、「きれい」と言われることもあるかもしれません。が、反対に服や化粧に手を抜いたり、ちょっと太ったり老化したりすることによって、簡単にブスになることができる。我々は常に、「私もブスなのでは？」という不安と戦っているからこそ、ブスと自分とを区別しておきたい、と願っているのです。

中途半端な容姿の女がブスを激しく嫌うのは、つまり同類を嫌悪する気持ちのあらわれです。中途半端であるからこそ、美への憧《あこが》れは人一倍。しかし足下にはブスが「あなたと私は、仲間よね？」と迫ってきているから、「一緒だと思われたくない」と思うあまり、ブスを足蹴《あしげ》にする。

中途半端な容姿の女は、ブスの領海侵犯を許しません。「自分達は、美人ではない。しかし、ブスでもない」ということを拠《よ》り所にしていたりするので、自分達の陣地にブスが入ってくるなど、あってはならないこと。

そんな中、キジカナは見事に〝ブスの領海侵犯〟をやってのけたのでした。何人もの男性を騙《だま》して手玉に取り、大金を巻き上げる。正業には就いたことがなく、自身の女性性にやたらと自信を持って堂々としている……。それはどう考えても、美人の態度です。

我々は、「ブスはブスらしくしていてほしい」と願っています。

「私なんかブスだし……」

と、地味にしているブスに対しては、中途半端な者は優しいのです。性格が可愛か

ったりすると、

「すごく可愛い子がいるの〜」

と男の子に紹介もする。

が、自分のブスに気づいておらず、ブスっぽくない態度、というよりほとんど美人としての態度をとるブスがいると、我々はイライラします。日本人は、「分」とか「相応」といったことを大切にする国民なのであって、

「容姿にも『分』ってものがあるだろう！　わきまえろ！」

と、言いたくなる。

キジカナの態度は、世の大半を占める中途半端な容姿の女達を、こうしてイラつかせました。裁判の間も、「容姿不相応なことをしてしまった」といったシオシオした態度は見せず、「私の魅力に男性の方から身を投げ出してきた」とでも言いたげなムード。それを見て我々はまた「イーッ！」となったわけですが、その「イーッ！」という感じが癖になって、彼女の動向を追わずにはいられなくなった。

キジカナの例を見てもわかるように、ブスというのは時に、尋常ではないパワーを発揮します。日本では神話の世界より、異形であるが故の特別な力を醜女《しこめ》が持っているというケースが見られます。古事記《こじき》には強いパワーを持つ「黄泉醜女《よもつしこめ》」が登場しま

すし、また石長比売《いわながひめ》という醜女も有名。

石長比売は、木花之佐久夜毘売《このはなのさくやびめ》の、お姉さんです。ニニギノミコトが美人の木花之佐久夜毘売に求婚したところ、その父が「姉の石長比売も一緒にもらってくれ」とよこしたのだけれど、石長比売は妹と違って大変なブス。あまりの醜女に「いりません」と姉だけを返してしまい、そのせいで彼は永遠の生命を得損なってしまった。……と、そんな神話もあるが故に、源氏物語《げんじものがたり》には、脇役のブスとしては天下一品の存在感を誇る末摘花《すえつむはな》が登場するのだ、という説もあるのです。

古事記においても源氏物語においても、どうしたってちやほやされるのは美人であり、ブスは嫌な思いをしなくてはなりません。源氏物語においても、末摘花は鈍感なので気づいていませんが、光源氏《ひかるげんじ》は彼女のことを陰で思い切り馬鹿にしているのです。が、「ブスに優しくするとよいことがある」的な教訓が、そこにはあるのでした。ブスなお姉さんと結婚していたら、ニニギノミコトは永遠の生命を得ることができたのだし、光源氏は陰で馬鹿にしながらも末摘花の面倒をずっとみてあげる面もあったからこそ、人臣として位を極めることができた。

そして私は、キジカナにも「人知を超えた醜女のパワー」を見るのでした。彼女の揺るぎない自信と罪悪感の無さの背景には、何か神秘的な力が隠されていて、殺された男達もその力にはまったのではないか。

男性達は、「何だかわからないけれど、ブスにはまってしまう」という感触を、時に持つのだと思います。皆さんの周囲にもいませんか。男性はとてもしゅっとしていて恰好《かっこう》いいのだけれど、その妻が、なぜか夫とは全く釣り合わないキジカナタイプだったりすることが。しかしその手のカップルにおいてはたいてい、妻は旺盛《おうせい》な醜女パワーを持っていて、夫を導き、子供を何人も産み、円満な家庭を築いていたりするのです。

男性も、本当はブスに厳しい生物であることを、私は知っています。主婦が曲がったキュウリや傷のついたリンゴをキッチリとより分けるように、男性達は合コンの席などで、きっちりブスをより分ける。とても性格がよくて穏やかそうな男性までが、

「だってあの子、ブスじゃん」

などと言うのを聞くと、びっくりしますし、また男ブサイクが同じようなことを言っていると、「〝分〟ってものを考えろ！」と思います。

しかし彼等は、心身のどこかで、醜女のパワーを知っている気がするのです。それはDNAにしみついているのかもしれませんが、「醜女は大切に扱わなくてはならない」と彼等は知っているから、醜女に畏《おそ》れを抱き、そしていつの間にか醜女に引き寄

せられてしまう……。いつの間にか「えっ!」というようなブスと結婚していたりするイケメンを見ると、そんなことを思います。

我々中途半端な女は、美男と醜女のカップルを見ると、憮然《ぶぜん》とするのでした。醜女には醜女であるが故の、強大な力がある。その力によって、光源氏すら手に入れることができる。……というのに我々ときたら、容姿が中途半端であるが故に、何ら特別な力もなく、醜女のような一発逆転が見込めないのです。

容姿のヒエラルキーは、確かにシビアです。その上位にいる人の方が良い目にあいがちというのは、厳然たる事実。

しかしヒエラルキーの下位に位置する人は、少ない確率ながらも、独特の香りがする大輪の花を咲かせることがあるわけで、「何事も中途半端はいけないのだなぁ」と、しみじみ思うのでした。

下種《げす》

大人になって平安女流文学を読むようになって、もっとも驚いたこと。それは、作者達が「何の躊躇《ちゅうちょ》もなく、他人を下に見ている」ということなのでした。平安女流文学の書き手は、貴族階級の女性達であるわけですが、彼女達はごく普通に、下種（貴族ではない人々のこと）や田舎者のことを、見下している。

たとえば、私が敬愛する清少納言《せいしょうなごん》。枕草子《まくらのそうし》にはそこここに、下種のことを馬鹿にする文章があります。第四十二段では、「似げなきもの」すなわち「似つかわしくないもの」を色々と並べているのですが、そのトップにくるのは、

「下種の家に、雪が降るの（は、似つかわしくない）。月の光が差し込むのも、もったいない」

という一文。

下種というのは、決して「貧民」という意味ではありません。それは、当時の社会

でほとんどを占めた、一般人のこと。そしてわびさびの思想がまだ無い時代に生きていた清少納言は、「こんな下々の家に雪がつもったり月の光が差し込んだりしたって、情緒も何もあったものじゃないわ。ああ、もったいない」と思っているのです。

同じ段には、

「下種女が、女官の真似をして紅色の袴《はかま》を着てるの（は、似つかわしくない）。近頃って、そんなのばっかりよね」

との文もあります。貴族女性が務めていた女官の制服は紅の袴であったわけですが、下種女がそれを真似して着たがるという当時の風潮に、清少納言はイラついています。今で言うなら、昔はお金持ちしか持たなかったブランドものを庶民がこぞって買うようになったことにイラつく、といった感じでしょうか。

これらを読んでわかるのは、清少納言には「下種だって、自分達と同じ人間なのだ」という発想は全く無い、ということです。雪や月光や紅の袴は、身分の高い貴族にのみ、似つかわしいもの。……と、「我々貴族は選ばれた者なのであり、下種はそんな我々に近づこうと思ってはならないのだ」と信じている。

これは、身分制がはっきりしている世においては当然の考えなのでしょう。さらには、当時の京に住む貴族達の中華思想はうんと強いですから、田舎者に対しても、容赦はしない。清少納言のみならず、紫式部《むらさきしきぶ》にしても吉田兼好（平安でも女流でもありませんが）にしても、田舎者のことは平気で下に見ているのです。

古《いにしえ》の人々の、このあっけらかんと上下の区別をつける姿勢を見ると、「とはいえ皆さん、こんなことを書いてしまって大丈夫だったのかしら」と、心配になってきます。「人間は皆、平等なのです」という教育を受けている私達からすると、平安貴族達の文章の書き方は、あまりに無防備。「下種から突き上げられたりしないの？　そして、この文章を読んだ人から、『性格が悪い』とか思われたりしないの？」と、他人事《ひとごと》ながら思ってしまう。

が、彼女達にそんな心配は無用でした。上の身分と下の身分があるのは、当然のこと。

「あの人達だって同じ人間なのだから、仲良くしましょう」

などともし言ったとしたら、この世は平たいと多くの人が思っていた時代に「地球は丸い」と言い張るくらい、変人もしくは罪人扱いされたのではないか。

さらにはその時代、下種が枕草子を目にする機会は、無かったはずです。清少納言が仕えていた中宮定子《ていし》を楽しませることを大きな目的として書かれた枕草子は、貴族の間で回覧はされたでしょうが、清少納言が目の敵にしていた下種の手には触れなかった。もし下種達の目に入ったとしても、彼等は読み書きができなかったでしょうし。

そんなわけで、彼女はのびのびと「下は下」と書いていたわけですが、しかし彼女が下種を毛嫌いした理由は、わかるのです。第五十四段には、「ちょっといい感じの若い男が、下種女の名前を気安く呼ぶのって、すごく嫌な感じ。名前を知っていたとしても、『○○……』とかって、名前の半分くらい思い出せないような感じで呼ぶのがいいのに」といったことが書いてあるのですが、この部分に、清少納言の下種嫌いの理由が凝縮されているのではないか。

若い貴族の男が、下種女に対して親しげに呼びかける様子におかんむりの、清少納言。彼女は「ちょっといい感じの若い男」は自分の側にいて、下種女は対岸にいると思っています。が、男は下種女にも気安くする。その時清少納言は、自分の陣地が他者、それも自分が飼い犬程度に思っていた下種女に踏み荒らされたような気持ちになったのでしょう。

その下種女は、おそらく若くて可愛かったのだと思います。つんと澄ましてじっとしている貴族女性とは違って、いきいきとした魅力もあったことでしょう。それもまた、彼女のイラつきに拍車をかけている。

たとえば、一流企業で総合職としてバリバリと働いている女性がいたとしましょう。

彼女は、同期入社の男子達のことを、仲間であり同志であると思っています。

同期男子の中には、社内にいるバイト女子を楽しげにからかったりする人もいます。バイト女子は、頭はよくないけれど、若くて可愛い。そんなバイト女子に、

「じゃ、今度飲みに行くか！」

などと言っている同期男子を横目でにらみつつ、総合職女子は苦々しい気持ちになっているはずです。私を飲みに誘ったことは一度もないのに、バイトなんか誘ってるんじゃねぇよ……と、顔は平静を装いながらも、内心には煮えたぎるものが。

清少納言の感覚は、これと似ています。彼女は宮中に仕えるキャリアウーマンとしての矜持《きょうじ》を持っていたからこそ、自分と同レベルの男が、下種女にちょっかいを出すのが耐えられない。

清少納言がうんと高い身分の貴族であれば、またそんなささいなことは気にならなかったはずです。彼女は中～下流の貴族の出身であり、結婚生活も成功とは言えなかった。貴族としては上のランクにいられなかったからこそ、上の世界を侵略しようとする下の力を嫌悪し、封じ込めようとしたのではないか。

この本では今まで、人はどんな時に他人を下に見ようとするのかということを、自分の人生と重ね合わせつつ考えてきました。思い返してみれば、私は実に様々な局面

において他者を下に見てきたし、また他者から下に見られてきたのです。そしてなぜ人は人を下に見るのかと考えてみると、多くのケースに、清少納言的な心理があてはまるのではないかと思えてくる。

すなわち、世の中をざっくりと上と下に分けるとしたら、その境界線に近いところにいる人ほど、他者を下に見たい、という欲求は強くなるのです。それは自らのポジションを死守するための自衛手段と言うことができるでしょう。

たとえば下の世界から上の世界へと上がったばかりの新参者は、新参者であるが故に、下の世界を差別します。新興成金は下々にもわかりやすい形でお金持ちっぷりをアピールしますし、晩婚の人ほど独身の人に対し、

「ずっと一人でいいの？　結婚って、いいわよーぅ」

といったことを無邪気に言いがち。

明治維新で、欧米列強の仲間入りをしたつもりの日本は、「アジア諸国と一緒にしてもらっては困る」と脱亜入欧を目指し、アジア諸国を侵略していきました。それもまた、上と下の境界線の辺りをうろうろしているが故の自信の無さがさせたことでしょう。

下の世界にいる時は、「上の世界は、何て素晴らしいところなのだろう。上にさえ

行けたら、もう何も望むものはない」と思うものです。が、頑張って上の世界に行った時に必ず気づくのは、「上には上がいる」という事実。「上」という分野の中では一番下にいるということが、骨身に沁《し》みます。

上の世界がゴールではないということに気づいた時、私達は「さらに上に行きたい」と思うと同時に、「絶対に下に落ちたくない」と思うのでした。ふと下を見れば、上へ行こうともがく人々の必死の形相が。ついこの前まで自分も同じような顔をしていたのを知っているからこそ、そこには近親憎悪の感覚が湧き上がる……。

子供の頃から、下に見られるのは大嫌いなのに、他者のことはつい下に見がちで、その感覚を楽しんですらいる自分がいました。が、「下に見られるのが大嫌い」であるからこそ、私は他者を下に見がちだったのです。他者を下に見てしまえば、少なくともその人から下に見られることはないのですから。

子供達の間のいじめ問題が一向に減少しないのは、私のように「下に見られたくない」と思う子供が今もたくさんいるからなのでしょう。アメリカにおいて、撃たれる前に撃つべき、と考えている人が多いように、子供達もまた、自分が下に見られる前に他人を下に見ておこう、と自衛しているのです。

人生をよく知る人は、「他人と自分を比べてはいけません」と言います。どちらが上だの下だのと考えるから、人生がややこしくなるのだ、と。

それはまさに、正論です。皆が比べることをやめたら、世の中はどれほど平和になることか。

しかし、比較しない世は発展しない世でもあります。上の世界と自分を比べず、「上に行きたい」と思わなければ、経済は停滞し、国力は下落することでしょう。

人は、若いほど他人と自分を比較し、年をとるにつれて「どうでもいいや、自分は自分」と思うものです。いじめ問題が多発する時期というのはまさに比較盛りのお年頃なのだけれど、大人になれば「なんであんなことでいじめたのか？」と思えてくる。

してみると日本という国も、そろそろ他者と自己とを比較する時期を、抜けようとしているのかもしれません。国として、無闇に上に憧《あこが》れたり、他を見下したりする季節は終わったからこそ、現代のような停滞期がきているのかも。自身の中年期と国の中年期を同時に迎え、「比べない、比べない……」と、呪文《じゅもん》のようにつぶやく、私なのです。

あとがき

いじめの問題は、いつまでたってもなくならないですね。なぜいじめが発生するのかよくわかっているのに、それでもなくならない。

大人になると、子供達の間のいじめ事件の動機の稚拙さが見えてきたりもするのですが、そういう大人もまた、大人同士の間で、知らず知らずにいじめ的行為に手を染めていたりするのです。人間の根源に、いじめに対する欲求があるのではないかと思えるほどに。

私自身も、その手の欲求を自分の中に見る者です。子供の頃から今に至るまで、他者を下に見ることによって満足感を得るという行為を繰り返してきたことは、本書をお読みいただいてもわかる通り。下に見たり下に見られたりの繰り返しの中で、生きてきました。

そんな中で私が思うのは、「人間は皆、平等。他人を下に見るような人間になってはいけない」ということではありません。そのようなことが可能なのであれば、私は小学生の時から、良い子になっていたはずです。

人を上とか下に分けずにいられない病が不治のものであるならば、その病の存在を自覚し、表には出さないということが必要なのではないかと、私は思っております。それがせめてものマナーだろう、と。

実際、世の中には、心の中で「女は黙ってろ」と思う男性はいるでしょうし、「日本人チンチクリンのくせにうぜー」と思う西洋人もいましょう。しかし、思っていても口に出さなければ、平和は保たれるし、次第に世の中も変わっていく。

偉い人から偉くない人まで、人間を縦に並べるのが当然だった歴史が徐々に終わり、今は世界的に、人間を横に並べようとする時代なのだと思います。しかし縦列の時代の記憶はそう簡単に抜けるものではないから、我々の中ではつい、人を分類し、序列を作りたくなる。序列を作るための物差しがなくとも、自分で物差しを作ってでも、計量して縦に並べたくなるのです。

人生のどこかで、分けたり並べたりすることに虚《むな》しさを感じる時が来れば、心の平安も訪れるのかも。そんな日を待ちつつ、私は今日も、上だの下だのと一人こっそりと考えているのでした。

最後になりましたが、文庫版の刊行にあたっては、装丁のみならず素敵な解説も書いて下さった寄藤文平《よりふじぶんぺい》さん、ＫＡＤＯＫＡＷＡの藤田有希子さんに大変お世話になりました。最後まで読んで下さった皆様へとともに、御礼申し上げます。

二〇一六年　初春

酒井順子

解説

装丁をする前には、原稿を読む。いただいた連載原稿を読んですぐ、誰かに読ませたいと思った。折よくやってきた仕事先の女性に「このエッセイ、面白いんです」と渡した。三十分程だろうか、こちらの仕事が仕上がり戻ると、女性の顔がどんよりと暗い。

「そうですねぇ……この作品は、ちょっと……面白いというか……うん……いや……かなり……キますね」

その「キますね」の「キ」に、「あんた、面白いなんて言って、とんでもないもの読ませてくれたわね……」という怒気が込められているように感ぜられた。

もしかして、まずいことをしたのか。

『下に見る人』。このタイトルにまずドキッとした。祖母の家の壁の能面を思い出す。

ふと見上げた壁にあの能面を見つけた時の感じ。目があって鼻があって口があるだけなのに、どうしてあんなにもドキッとするのだろう。

あの能面に見られているような気配の中で僕は原稿を読んだ。だからだろうか。僕はこの文章に、その能面が静かに話しているのを聞いているような感じを受けた。

――「下に見る人」は、どこにでもいる。でもその姿が見えない。スッと人に憑《つ》いて、その人の不安や、欲望を、すこし風であおって燃え上がらせる。周囲を灼《や》くように燃えさかる人。青白く自分を灼き尽くす人――。

「そのように語るあなたこそ『下に

見る人』ではありませんか？」と僕が聞くと、スッと能面が外されて、そこにエヘヘとにこやかに笑う酒井さんの素顔がのぞくのだ。

この本はひとつの舞台のようだ。語り手が「下に見る人」に憑かれることで、読み手に「このように人間は『下に見る人』になるのだ」という全体像を見せてくれる。だから読み手はずっと「下に見る人」になる。語り手が自分に憑いた「下に見る人」をスッと手放す時、「みんな下に見る人なのだなぁ」という共感によって、「下に見ない人」になれることを理解する。

ただそのように感じられるのは、その舞台の演者として自分の身を灼いたことがないからなのかもしれない。どうやら僕はいろんな人から下に見られてた。しかも、この本を読んで初めてそれに気づいたのである。おめでたいことだ。

それはともかく、装丁は真っ白な本にした。そこに、タイトルと酒井さんの名前と棒だけ。能面である。

寄藤文平《よりふじぶんぺい》（アートディレクター）

本書は二〇一二年十一月に角川書店より刊行された単行本を元に加筆・修正を行い、文庫化したものです。

下《した》に見《み》る人《ひと》

酒《さか》井《い》順《じゅん》子《こ》

平成28年 1月25日　初版発行
令和6年 9月20日　8版発行

発行者●山下直久

発行●株式会社KADOKAWA
〒102-8177　東京都千代田区富士見2-13-3
電話　0570-002-301（ナビダイヤル）

角川文庫 19556

印刷所●株式会社KADOKAWA
製本所●株式会社KADOKAWA

表紙画●和田三造

●お問い合わせ
https://www.kadokawa.co.jp/（「お問い合わせ」へお進みください）
※内容によっては、お答えできない場合があります。
※サポートは日本国内のみとさせていただきます。
※Japanese text only

ISBN978-4-04-103803-1　C0195

◆◇◇

角川文庫発刊に際して

角川源義

第二次世界大戦の敗北は、軍事力の敗北であった以上に、私たちの若い文化力の敗退であった。私たちの文化が戦争に対して如何に無力であり、単なるあだ花に過ぎなかったかを、私たちは身を以て体験し痛感した。西洋近代文化の摂取にとって、明治以後八十年の歳月は決して短かすぎたとは言えない。にもかかわらず、近代文化の伝統を確立し、自由な批判と柔軟な良識に富む文化層として自らを形成することに私たちは失敗して来た。そしてこれは、各層への文化の普及滲透を任務とする出版人の責任でもあった。

一九四五年以来、私たちは再び振出しに戻り、第一歩から踏み出すことを余儀なくされた。これは大きな不幸ではあるが、反面、これまでの混沌・未熟・歪曲の中にあった我が国の文化に秩序と確たる基礎を齎らすためには絶好の機会でもある。角川書店は、このような祖国の文化的危機にあたり、微力をも顧みず再建の礎石たるべき抱負と決意とをもって出発したが、ここに創立以来の念願を果すべく角川文庫を発刊する。これまで刊行されたあらゆる全集叢書文庫類の長所と短所とを検討し、古今東西の不朽の典籍を、良心的編集のもとに、廉価に、そして書架にふさわしい美本として、多くのひとびとに提供しようとする。しかし私たちは徒らに百科全書的な知識のジレッタントを作ることを目的とせず、あくまで祖国の文化に秩序と再建への道を示し、この文庫を角川書店の栄ある事業として、今後永久に継続発展せしめ、学芸と教養との殿堂として大成せんことを期したい。多くの読書子の愛情ある忠言と支持とによって、この希望と抱負とを完遂せしめられんことを願う。

一九四九年五月三日